九雨楼札记

聂小雨 著

团结出版社

图书在版编目（ＣＩＰ）数据

九雨楼札记 / 聂小雨著. -- 北京 ：团结出版社，
2014.9
ISBN 978-7-5126-3099-4

Ⅰ．①九… Ⅱ．①聂… Ⅲ．①散文集－中国－当代
Ⅳ．①I267

中国版本图书馆 CIP 数据核字（2014）第 210741 号

出　版：团结出版社
　　　　（北京市东城区东皇城根南街 84 号　邮编：100006）
电　话：（010）65228880　65244790　（出版社）
网　址：http://www.tjpress.com
E-mail：65244790@163.com（出版社）
经　销：全国新华书店
印　装：三河东方印刷有限公司

开　本：140mmX210mm 毫米　　1/32
印　张：6.875
字　数：146 千字
版　次：2014 年 11 月　第 1 版
印　次：2014 年 11 月　第 1 次印刷

书　号：978-7-5126-3099-4
定　价：28.00 元

Contents
目录

第二辑 之 后

序言：那世界的拐弯处

夏可君

　　阅读小雨的《九雨楼札记》，我再次想到那个遥远的城市——广州增城，我曾经去过那里几次，都是因为诗人东荡子，那个时候荡子与小雨婚后不久，在建造属于他们的家园。爬上高高的九雨楼，是需要喘息与换气的，有时我想，这一次他们可以改变之前漂泊的生活了——在九楼的高处，漂泊的两个人在这里相遇，终于找到了共同的家：在这里，可以相互陪伴，可以各自独立写作，可以携手生活。从此，我似乎不再担心荡子了，因为小雨的目光坚定而深切。当我阅读小雨的札记，印证了我的期待，尽管时间那么短暂。

　　我得承认，我并非一个擅长叙事的人，我只是一个读者，作为东荡子诗歌很多年的忠实读者，这次阅读小雨的札记，仅仅是跟随他们的目光，尤其是小雨的目光，与她一道看这个世界，这是余存者的目光，随着荡子去年的辞世，小雨的目光改变了，她的目光常常停留在世界的拐弯处：世界转弯得好快，时间消逝得好快，剩余的仅仅是关注与关爱的目光，与逝去的诗人一道关注这个世界的目光。

　　这是一个女性的目光，细腻，准确，一个旁观者的目光，有着淡淡的哀愁与诗意，更为准确地说，这是一个带有小说家观察角度的目光，深入日常生活的细节，这些细节常常被我们忽略，但却都被小雨捕获到了，其中有着小雨对人世的颖悟，从日常生活出发抵达生活的深度，其中有着来自于写作的慰藉，比如开篇对"夏街"的感悟："我一次次体悟着，普通的夏街大道和我有着怎样的关联，相遇，相知，还是巧合，必然？这样的情状，在我曾经久居的华容和深圳，都不曾发生。或许，在华容，我还年轻，总是心系远方，出门，闯荡，做未做过的事；在深圳，我一心投入，沉浸，燃烧，来不及停下；而增城，夏街大道，似乎意味着我人生中一次新的拐弯——闯荡和燃烧之后，坚定与平静，这里俨如增江河的水，镜子一样，亮堂，明净，照拂我的过去，现在，以及将来。"

小雨一开始就聚焦如此平常的街道拐弯处，在偶然而无意的细节上发现生命的方向。听任事物的自生自灭，看淡一切人情变化，与匿名者错过的短暂交流，一切的随想都发生在我们还来不及体验的时刻。写作需要经验，写作不过是面对经验的贫乏，需要在贫乏中发现诗意，要求写作者不放过每一个打动自己的细节，小雨一次次以内心的触角进入这些细节。生活在"九雨楼"的高处，让小雨获得了一种超然的目光，且又深入日常生活的皱褶，慢慢撑开细节，在细节处停顿，把那些尖锐的拐角抹平，其中有着记忆的创伤，有着思考的困难，有着生活的煎熬，看似平淡乃至于琐碎，但一切都那么具体可触，那么真切，在她笔下娓娓道来，有着一种睿智，有着一种思考，这些思考来自她的观察与阅读，以及对人情世故的洞察，如何从日常生活的妥协中寻找自由的可能机会，这是很罕见的品质。

小雨发现了自己的视角："故事或者情节总是在自己担心的地方拐弯"，这是她的敏锐，也是内心疼痛的触点，写作建立于这个担心的时刻，因此说出来的是肺腑之言。如同她自己所言："写散文就是写自己的心"，比如她说写母亲的勤劳善良时，"关键是此母亲的善良勤劳与彼母亲们到底有什么不一样的地方，此母亲身上发生的哪件事哪个细节令你记忆深刻令你牢牢震撼，这种深刻和震撼如何一步一步在你的生命中得到延续和共振，得把它们一锹一锹从泥巴地里挖掘出来。"这个挖掘的深刻是困难而痛苦的，散文并非简单的大白话，而是挖掘自己的内心，将自己一瓣瓣剥开。

边洗碗，边思考人生，借助于日常之物，或者是水龙头，或者是藤椅，来哀悼青春，哀悼时光的流逝，现代性离不开这个哀悼的目光，日常生活不过是漫长的告别，不过是死亡的无辜与平淡。

看到小雨对那些我见过的朋友的描绘，那么熟悉，又那么独特，似乎是以她的目光在给这些朋友画像，有着我之前并没有看到的侧面，比如写画家唐明生，都是湖南人，写他的言谈纯粹是为了自得其乐，陶醉在自己的高谈阔论里，如同精灵一般的孙猴子，一下子抓住了艺术家的性情，他打麻将，纯粹是娱乐，与输赢没有关系，是纯粹艺术一般的享受，而且始终都精神抖擞，一个不在乎输赢的人，一个洒脱的人。我想到我的祖父，也是一个一辈子打麻将却很少赢、但乐此不疲的人。中国人面对赌局的态度中有着什么样的生存智慧？这是在精确算计中的娱乐至上，既消解了算计之心，又获得了游戏的快乐。

当然，最为值得关注的还是小雨如何阅读荡子，如何以妻子、朋友、写作者的目光，来阅读日常生活中的诗人与夫君了：东荡子，这是一个很少读书的诗人，相信"世界上没有一本书是必须读的"，因为他要阅读的是日常生活，是自己的大脑，是这个赤裸的世界，或者说世界的拐角处，诗歌是突然降临在世界的拐角处的；小雨认为荡子的写诗实属被动，因为他一旦去见朋友却没有新作，就感到羞愧，就逼着自己写点什么。这几句看似随意的话，道出了荡子写作的根本境况：诗人并不需要工作，并不需要依赖于某个经典文本与思想体系，诗人仅仅信赖语言，信赖自己生活的经验，让语词与经验直接关联，诗歌来自于给予与羞愧的结合，没有礼物给予的冲动不需要写作，没有内在的羞愧也不可能写出好诗。此外，小雨也写到荡子喜欢下象棋，全然没有了生活的节奏，以至于不得不让她发脾气，把烟灰缸等等砸过去，以至于墙上出现了洗不掉的斑点，但是日常生活的拐弯或转折出现了："亏荡子想得出，拣起几支鲜艳的蜡笔，红的蓝的黄的，站在沙发上，一通乱涂乱画。于是，一副彩色抽象派线条画出现了，似人，又不似人，随便想像成什么好了。"这是荡子的智慧与态度，他用自己书写的想象力扭转了生活的苦涩，以至于小雨随后独自感叹道："这个世界上，没有一条道路是必须走的，也没有什么非此即彼。接受那些不完美，一定比纠缠和纠结更好。再不，把它当作一次体验。把对别人的要求收回来，把要求留给自己，好好地做好自己，才是真理。这一切，作为自己做人的根本，与荡子无关。"小雨也写到荡子的懒惰，依然是一个尴尬的话题，丈夫在妻子的眼里从来都是最为彻底暴露自己弱点与瑕疵的那个。

在荡子的感染下，也出自于自己的写作天赋，小雨的语言本身就充满了诗意以及个人独特的语感，语句充满了逆转的坡度与张力：上面的"总在每一处我担心的地方拐弯"以及"让每一个清晨将我带走"，就让人读出文字背后的辛酸与苦涩；还有"对峙，或愉快"，"斗争的蛋糕"，"等到意志穿过针孔的那一天"等等一些充满机智的组词；而"每滴眼泪都是自己的眼泪"则让人难以忘怀，"尴尬是一种病"以及"有体验，就有意外"，则让人不得不深入反思自己的生活，日常生活的反思塑造着意志力的品质；通过"为一个橙子停下来"的那种缓慢的叙述，揭示出生活是在缓慢而持久的关爱中重新开始的，如果你如此观察，你如此相信，生活就会充满了爱的感动，因为小雨相信"喜欢它就是成为它"，其中有着小雨写作的基本理念；"鱼还没有尖叫"，两个文学人面对生命的死亡时总是有着些许的犹豫与无措——鱼是不可能尖叫的，除非你听到自己的叫声。

但一直会有这个时刻的来临："生活可能就此断裂"，生活永远是1980年代人们写信结尾留下的"匆草"二字，小雨很敏感，一下子把握了时代书写的症状。是的，我们的生活过于潦草，来不及深入体验与修饰，一切已经成为陈迹。即便有梦，但过去再也无法回去了，因为梦仅仅是一个不负责任的强盗而已。但对于一个与萧红有着共感的写作者，小雨也选择了远离家乡，选择了在写作中流浪："我爱的，或许是青春的气息，是创造的愉快，是忧伤的沉浸，是那些永远无法回去的动人的时光。那些时光是画面，是电影，是梦，是闭上眼睛就会上演的情节，是活下去的依靠。"也许，这段话传达了小雨的心声，我不必再写更多的评注了。

……

一直会有最后时刻的来临，这是最终的告别，随着荡子的离开，内心被掏空，生活陷入巨大的停顿，我几乎不忍阅读随后的文字，爱人的离开让时间凝固，如同小雨自己写到的："这些天，我像是上帝的遗物……"是的，我们都是世界的孤儿，最终我们都是文学的孤儿，生活还得继续，这是在泪水与遗物陪伴下的孤独前行。一切都成为最后的，最后的夜晚，最后的白昼，回忆恍然，昔日生活的场景全都停留在空气中，只有诗歌的声音永远回响在记忆里，小雨只剩下与自己的交谈："只要独处，我无时无刻不在和自己交谈，一句一句，断了，接上，又断了，又接上，像散文，也像诗。"当然也有朋友们的友好问候带来些许慰藉。

　　阅读小雨的札记，我相信，这些沉着而静好的文字，不仅仅属于小雨，也属于诗人东荡子，当小雨写到荡子阅读这些文字的情景时，我更加相信，这些文字是在荡子的目光中完成的。最后，让我引用《眼看木棉花一朵朵掉下》中的文字，这是爱的陪伴者一道凝视的目光："高高的树和枝上，一片叶子不剩，唯有光秃秃的花，火红火红，小喇叭型，一朵五瓣。无论在大广场，还是在小路旁；也无论是整齐的一排，还是单独的一棵，木棉站成自己的气象，无需参照，无需佐证。木棉高而美，它热烈的颜色，自信的姿态，强韧的耐性，将伫足的目光拉得很长。"——在世界的拐弯处，我相信，小雨的文字如同这些木棉花，在我们的眼前一一落下。

第一辑 之 前

2008/09/15
从夏街大道出发

　　从我居住的地方，向荔城的腹地进发，最简捷的路径，是由增城宾馆，取道夏街大道。这是一条弧状的、起伏有致的、长的马路（在我的印象里，它是荔城最长的一条路）。增城宾馆是它的最南端，再往南，路上没了铺面和生意，便有了市郊的味道；往北，过了府佑路，越临近荔城的中心，地势越低，直到繁华的光明路段，夏街大道戛然而止。于是行走在夏街大道，就有了一种慢坡的滑翔感，这也使得小镇的中心成了名副其实的腹地。当我骑着脚踏车从弯月的夏街大道穿过，这种滑翔感便由慢而快，愈发地深沉，仿佛小镇的中心亦即人类的首都，人们总要日夜不停地向着那里奔赴。

　　我每每从广汕大道以南的家出门，经由夏街大道，奔赴兴发市场、人人乐、邮局、挂绿广场，或者醉湘王、湘音阁，以及锦城花园的朋友家，可谓一项工程。事实上，其间的路途并不遥远，不过三五分钟顶多七八分钟的摩托车程，然而，在我心里，它有着相对遥远的距离。由于对摩托车心存一种本能的抵触，多数时候我都会选择步行，而步行毕竟需要三四十分钟，得绕行半个荔城，好在我出门的时日并不多，也就一星期一次两次。然无论去往哪里，我的双脚都会在夏街大道上作出选择，向西，还是向东，或者继续向北。夏街大道上那些不同的出口，好似一条条小溪，牵引我，流入风景不一的江河湖海。可以说，我所有的出发都由夏街大道开始，这于不惯记路的我，无疑是最奏效的办法。也正是如此，夏街大道成为我最熟悉的增城之道，行走在这条路上，我倍感踏实，像是仰面躺倒在沉实的大地，再也不用担心身体会往下掉。

起初，我并未留意蓝色路牌上的"夏街大道"，是马路两边各色的铺子，是酒吧门口的巨幅女郎，是士多店门口的塑料休闲桌椅，是市场附近挑担推车的菜农，是小巷口的"夏街村委会"的标牌，是古树下袅袅的香烛和红色的纸符，是大理石的壁面上一副落款"张某某"的题词有意无意撞入我，令我记住了这条琳琅曲折的路。而作为路牌的"夏街大道"，它的伫立，更多的意义留给了初入荔城的城市人。尽管我从它身边走过，也会不时地瞟它一眼，然而，"夏街大道"于我，远不如西城路城丰路新桥路园圃路等等这些半生不熟的路牌，或多或少地担当着我的向导（无奈荔城那些纵横交错的道路，我总也难以辨清）。

装修的那段日子，我几乎每天都要匆匆往返夏街大道，买五金用品，装饰材料，蔬菜水果。而清闲的时候，我们喜欢傍着夏街大道东边的人行道散步，往往这个时候，"张某某"的题词便会飞进我们的视线。两行的题词，是一个公司名称，每个字砖块般大小，刻在光洁的墙壁，占据整面墙壁的中间位置，大理石墙壁大概是专为此副题词铺贴。看得出，题词者是认了真的，可惜书法实在不敢恭维。每次打这里经过，我们免不了来一番调侃，想必题词者是个相当的人物，题词时恐怕也属盛情难却。

夏街大道中间的绿化带内，有一棵年代久远的枝繁叶茂的古树，常常有妇女在古树下烧香，贴些画有符号的红纸，嘴里念叨着什么。而她们的目光，因为多少要顾及路过的眼神，也就分了些心。虔诚，不排除在她们心里真实地保留过，或许到了大庭广众之下，这虔诚也就成了一份任务，一个挂历上早已标好的记号。那些我永远也无法弄清的与求拜有关的节气甚多，因此古树下的香屑从未断过，裸露的树根周围，绿化带践踏掉不少，地上的泥土也格外紧巴，赤脚踩在上面，地气怕是要跟着脚板沁入心脾。为图方便，我们偶尔也会跟着人群，从这里横穿。

累了的时候，我们就在路边唯一的休闲椅上坐下来，聊天，看《参考消息》，或者，打量来往的行人，等车的、买菜的、搬运的、剃头的，和我们一样无所事事的。休闲桌椅是小超市搁置门口方便顾客的，只是极少有人在此歇脚，往往成了我们的专属。作为礼尚，我们也会进超市买一瓶果粒橙或矿泉水，尤其坐得稍久的时候，还会买包白沙香烟买袋洽洽瓜子什么的。

当酒吧门口的招贴画在白天映入眼帘，我才猛然记起，夏街大道我之前分明来过。那是我初到增城，并不知道那里就叫夏街。当夜幕降临，我们还在广州回增城的路上，蔡镱电话邀请我们去酒吧。当我们如约赶到，酒吧门口挤满了人，蔡镱和一帮朋友正一间间询问有没有空的包间。我和荡子站在酒吧门口扎堆的人群里，频繁的开门和关门之间，震耳的音乐和闪烁的灯光加倍地袭击我，仿佛要将我湮灭，我赶紧拉着荡子，拦了辆摩托，闪电般地逃离。那一次夏街给我的记忆是嘈杂和意乱，当然，这种嘈杂和意乱也并非那么令人生厌，毕竟，那些激情、宣泄、放任的青春我们也曾有过，只是此后，我再也没有去过增城的酒吧。

后来的一次，我欲去证券公司，114查号台告诉我证券公司的号码，证券公司的小姐又告诉我，证券公司在移动公司的隔壁，中行和鸿福渔村对面。当我几经周折，终于在莲园路的东头看到大大的"广州证券"，方才恍然——原来自己已然立于夏街大道，那一刻，我疲惫的躯体像是回到家，迎面那把安静的躺椅。她们怎么不直接告诉我夏街大道呢？过马路时我仍在琢磨。大约她们久居此地，城市的每一条巷道都如夏街大道之于我，早已了然于心，她们自然不会侧目那些路牌，从而忘了它们作为路的指引的原始存在。

我一次次体悟着，普通的夏街大道和我有着怎样的关联，相遇，相知，还是巧合，必然？这样的情状，在我曾经久居的华容和深圳，都不曾发生。或许，在华容，我还年轻，总是心系远方，出门，闯荡，做未做过的事；在深圳，我一心投入，沉浸，燃烧，来不及停下；而增城，夏街大道，似乎意味着我人生中一次新的拐弯——闯荡和燃烧之后，坚定与平静，这里俨如增江河的水，镜子一样，亮堂，明净，照拂我的过去，现在，以及将来。

而这样的拐弯，源于我万万没有料到的一次偶然。我还在汕尾的时候，有好几次，杜青约我和心洁来增城，看望刚刚落户这里的荡子。一拖再拖，我和心洁终于约好一个周末，踏上深圳开往增城的大巴。这之前，孤陋寡闻的我，还未曾听说过"增城"这个地名，更无从知晓我的身心会在这个地名下寄居，开始我崭新的旅程，一次我所愿望的出发。仿佛上帝的助领，宇宙间的一切都那么神奇，不可预知。我想，只要我的灵魂还在遥想，只要星星还在闪耀，哪怕一年，一个月，一天，那么，2007，增城，夏街大道，都将成为我生命中无数个名词里，不灭的几个。

如今，我每天都会透过玻璃窗向外眺望，无论阴晴，无论昼夜，无论喧闹与寂静，夏街大道在我眼底铺开，蜿蜒，幽远，时高时低，我无法看到路的尽头，但它的亲切和意韵已深刻我的窗框，扎根我的想像。它是一条出发的路，又是一条回家的路，而我的出发是为着回家，家里，有书，有藤椅，有茶，它们日复一日，忠诚地等着我。我相信，唯有它们，比世界上任何事物都要忠诚。

2008/09/20

成为最传奇的那个

梦总是那么离奇，诡谲，天马行空，似乎又并非全无来由。

就说今晨，我梦见了传武。硬汉的传武，骑着骏马，从云雾边飞奔而来，救我于水火之中。我跨上马背，随他绝尘而去。那一路，我完全是只羔羊，一个安分、静好、温顺、再也没有奢求的女子。如此的幸福，只容许我沉浸于甜蜜与喜悦。缰绳被我拽得极牢，生怕稍不留神，幸福就从手中溜走。

梦没有开头，我不知自己为何深陷水火；梦没有结尾，我不知骏马带我奔向了何处；然而，其中的温暖是真实的，以致我睁开眼睛，仍能感到脸上的笑意。怎么会是这样的一个梦呢？怎么是传武而不是别的什么人？

我打小不喜武侠，也听不进什么童话和寓言，至于人们说的浪漫，更是一向嗤之，甚至一度，对那些武侠和浪漫的拥趸者颇为不解。生活中的我，就连衣裳，也爱素色，拒绝一切花哨与累赘，我总以为，外在的就是外在的，它再迷蒙、完满，也不如简朴大方来得熨帖。我常常以理智和清醒自诩，排斥那些生来就排斥的，也不去想想为什么。从记事的童年开始，我就笃信这些。

而《闯关东》里的二儿子传武，叛逆、桀骜、勇敢、忠义、蔑视纲常、爱憎分明，既英武、冷峻，甚而无情，又那么侠义、柔软，他承担，并隐忍，异常坚定，是条真正的汉子。他为着心爱的鲜儿以及信仰的事物，随时准备好牺牲自己；那个爱他的秀儿，等了他一辈子，也摆脱不了作为牺牲品的命运。每当可怜巴巴的秀儿现身，我不免喟叹一番，暗暗责骂传武这个残酷的家伙。可是当我看到与传武相亲相爱却始终不能相守的鲜儿，又忘却了他对秀儿一贯到底的冰冷，希望成全他们的爱情至上，上演一回酣畅淋漓。与有些窝囊的大儿子传文和稳重懂事的小儿子传杰相比，传武从一个爱遛马的莽撞少年，长成一名有胆有魄的将士，是一个异数，一个传奇。

我们热爱传奇——他人的传奇，自己的传奇，江湖的传奇。尽管出于现实或者天性，我下意识地抗拒类似的虚幻和缥缈，视它不见，但传奇的武侠，传奇的历险，传奇的神话，传奇的爱情，照样挤进我的梦呓，我的深处。尽管它与现实相距遥远，却不妨碍它潜伏我灵魂的一隅。它有着磁石般的魔力，死死地勾住我。

今天，一个普通的早晨，我曾经自以为是的那么多，陡然之间，成为过去。谁叫那个传奇的传武住进我的梦里，带给我婴儿般纯真的笑，那么深，那么久。它令我瞬间懂得：世界上的人都是同一个人，我就是你，你就是我。那些爱武侠爱浪漫的他们，和我一样，都是真的；而我，分明和他们一样，愿望成为最传奇的那个。

2010/03/31

扔　鞋

　　冬天走了，棉鞋的使命完成了，我打算将它收进柜子，只待来年。棉鞋离岗之前，好生洗洗是必要的，毕竟效劳了一个冬季。虽然也时不时拿出去暴晒，平日又只是在家里穿它，仔了细看，它着实脏了，鞋面污渍点点，凑近了会飘出一股子干臭。于是将其搁置阳台的围栏上，暂且接受阳光的普照吧——此时的我并不想洗它，你知道，做家务是需要心情配合的，即便它花不了几分钟，但得专心投入不是。

　　第二天起来，外面下起了毛毛雨。我去阳台一看，棉鞋全湿了，提起来沉沉的，怎么办？我转而将它移到拐角的洗手盆——等着吧，等我有心情的时候。

　　当我再次来到阳台，是几天之后。果绿色的棉鞋又一次撞入视线（洗鞋的事我全然忘了），我走近洗手盆，胖棉鞋更脏了，看上去软塌塌的，里面的绒毯开始疏松，有些不成样子。尤其鞋面那红色的卡通狗，用老家的话说，粥（俗气）死了，我再也觉不到去年初次拿它出来时的清香和温暖，甚而曾经对它有过的关于温暖的期待和想像，此时也一并抹杀了。陡然间，一种淡淡的失落，包裹着我。老实说，我仍然没有洗鞋的心情，不仅没有，反而起了听之任之之意。在这样的情绪驱使之下，棉鞋再次来到围栏上先前的位置。当我离开阳台时，有意回头瞥了它一眼，就这样吧，束之高阁，挺好！

我并不知道洗鞋的好心情何时降临，也许明天，也许下周，也许永远都不会。可是，我并不想牺牲自己，哪怕十分钟，给一双棉鞋。

又一个早晨，起风了，阳台上的衣服高高飘荡。我摇下晾衣架的当口，无意间瞅见那双棉鞋，只剩一只，孤零零的，歪斜地巴靠在围栏的尽头。毫无疑问，另一只掉下去了。我趴在围栏上，由八楼往下看，果然，果绿色的另一只，静卧沙石之上（三楼有个巨大的露台，尚未装修，露台里堆满沙石，沙石上杂草丛生）。我回屋，对荡子哼唧着，哎呀，我的棉鞋掉下去了，嗯——似是作着惋惜。一个清楚的事实，我的哼唧带着矫情，带着虚假，并不是真的惋惜，更不可能是愁苦——这样的结果，我分明早就料到，而且，现在我压根没把它捡回来的意思。剩下的这只，自然是没用了。然而，我依然不想将之丢弃，丢弃的动作，一旦做出，仿佛一个确凿的把柄，会被人揪住——在证据面前，谁能心安理得呢。且让它继续高阁吧，不管怎么说，它伴随过我那么多寒冷的时日。这样也好，让它自生自灭——自生自灭符合我对一双棉鞋的情谊。没错，自生自灭，一个最好的结局，于棉鞋，于我，都是。

终于，另一只棉鞋也不见了。当然不是我扔掉的，是它自生自灭掉的。可是不知为何，为着去冬温暖过我的那双棉鞋，我坚持写下以上的文字。

对峙，或愉快

　　这一次从荔城到机场，由一个陌生人送我。

　　当然，陌生人并非完全陌生，不明出处，是朋友的朋友的司机，新塘某单位的。起初，荡子和皮皮打算随车送我，由于司机还要折去广州办事，当天不返荔城，我便坚持不让他们送，好在行李也不多，就一个大旅行包。那么一路上，就我和司机两个人。

　　一辆商务车，司机前排，我二排，旅行包三排，后箱则是我托司机带去新塘的四个包。

　　车一启动，进入广汕大道，我就倾身向前，对着司机的后脑勺说："师傅，麻烦回新塘的时候，把后箱的四个包送到镇政府好吗？"

　　司机纹丝不动，过了大约三秒，说，"看看吧。"

　　"应该不远的吧。"我尽量平和地。我知道从司机单位到镇政府，就几分钟的事。

　　得不到及时的回答，我没好意思追着问。

　　车飞速前进，不带一丝闲情。我的理解是：以最快的速度到达，完成任务，是当下的真理。

　　空气有些无趣。我搜出手机，开始拨号，叮嘀咚嗒——

后脑勺突然发出声音："明天上午九点以后，到我们单位保安室取吧。"干脆，快速，不带色彩，一遍就过。后脑勺仍然稳稳当当，一动不动。

……

我意识到，接下来的一个多小时，狭小的空间里，定然无语。无形之中，一种对峙，散布开来，沉沉地，有些阴冷，我不由团了团双臂。不用说，这是一次沉闷的出发。

而所谓的对峙和沉闷，说到底，只不过是我自己的感受。

类似的境况，我们时有遭遇。如若牵扯到司机，实在冤枉。每天，他们听命上司，东西南北，迎来送往，钟摆一样，马不停蹄，还常常上下班不分，节假日不分。而社会上，对这份职业往往缺乏应有的尊重。说不定他午觉都没睡，刚从另外的战场上赶过来呢。这样想来，确实也难为了这位老兄。

我交叉双臂，躺靠椅背，望向窗外。而窗外的任何，都没在我心里刻下印迹。如同司机的长相、穿着、声音、姓氏，现在想想，我居然没有一点印象。仅有的记忆是，偏胖。下次遇到，我可能认不出。而更多的可能是，没有下一次。

生活正是如此，由这一次和下一次构成。对峙还是和谐，沉闷还是愉快，全在自己，自己选择，自己消受。

记得前不久，我从深圳回来，福永那么大个车站，竟然没有到增城的大巴，我只好求助林峰。林峰立马派司机送我。一路上，除了我们共同熟知的林峰，我和司机天南海北，无所不聊，空着肚子的两个人，上车前打包好的肯德基都忘了吃。广深线上大塞车，我们也不恼怒。下车的时候，司机还说，"你以后到深圳，就让林总安排我出车。"那一次，同样，我坐二排，我记不得司机的姓名（他明明一个字一个字告诉过我），也忘了他的长相、穿着、声音，然而，下次遇到，我一定会一眼认出。诚然，认得不认得，并不重要，重要的是，愉快，旅途的愉快，我牢牢地记得。回到家里，我还在挂念，那司机独自返回，会不会无聊呢。我留给他的肯德基，他该吃了吧。

车轮机械而飞快，细细的雨点开始飘飞玻璃窗上，歪歪斜斜，断断续续。前面的兄弟仍然不偏不倚，极其专注。一个多小时，他就没想过打开抽音机，听听音乐，吹吹口哨，哼哼曲子什么的？抑或这样的生活，他已经麻木，之所以还在坚持，多半出于无奈？也或许，他沉浸在某个美好的回忆或遐想之中？

我的愉快还是极易获得。遥远的成都就在今夜，好久不见的李风笑逐颜开，胖乎乎的吉静扎着围裙在厨房里转个不停，还有，接下来的找房子，安静的写作……未来依然那么简单，可又那么令人期待……

不知不觉中，我睡着了。醒来的时候，小雨在风中飘荡，机场快到了。我坐直来，整了整外套，转过身，欲将三排的旅行包提上前来，试了两下，太重了，下车时再说吧。

终于到了，车找了个空隙，停下来。我赶紧起身，拉开车门，使出全身力气，将大大的旅行包，搬到二排，之后人先下，再将旅行包搬下。不等站直，我便对司机招手，"师傅，谢谢了！"我唯恐耽误了他。

司机扭过头，也许向我点了头，笑了，我没有注意，沉重的旅行包牵扯着我，我半屈着，极不舒服。等到换完登机牌，再看手机，才三点一刻，那么，离起飞还有两小时，也就是说，我和司机在车上共度的时间，顶多六十五分钟。车开得真快啊（平时得一个半小时）！

糟糕的是，雨大起来，飞机晚点近一个半小时。候机登机直到飞机降落，我的头一直晕乎乎的，浑身有气无力，好在亲爱的李风在 2 号出口，温柔地微笑，老远我就看到了。

感动来自哪里？纯爱走向何方？
——且谈电影《山楂树之恋》

　　静秋和老三的开始，似乎不存在过程。第一次相见，一段歌声，一粒奶糖，走在回家的田埂，两颗心就动起来，为彼此打开一条缝隙。接下来，几乎电影的所有情节，全是心动之后的呈现——换笔，换灯，送钱，送核桃，送运动衣，送油条，送雨靴，送去医院……缝隙越打越开，直到老三的离世，缝隙完全打开，开成一扇哗啦啦的窗口，指向高潮。这样的爱情，可以归类为一见钟情。

　　那么，一见钟情来自什么？来自高度的默契。而默契，来自相近的理解，大致的认同，来自心有灵犀和心领神会。默契，不是无缘无故的，它是存在背景的，理解和认同也是有基础的，心有灵犀和心领神会是有根源的。说到底，默契是可以追溯的，一个人所处的时代环境，家庭环境，以及个人爱好、志趣、审美、所受教育、心灵倾向、价值追求，决定了他的感情取舍与走向。也就是说，感情是有逻辑的（凡事都有逻辑），是有迹可寻的，只有遵循了感情的逻辑，高潮才能自然而然，震撼人心。

　　然而在电影里，这些背景和追溯作为辅助，并非感情的起源，零散地穿插在情节里。也就是说，我们看电影时，必须假设自己是上山下乡的知青，假设自己是那个时代的见证人，假设自己对所有背后的故事烂熟于心，可惜我们并不是，我们也并不熟。于是，电影一开始，主人公一出场，就感到了突兀（突兀是一种病）。我很想感动，可是我不知道感动由何而来。缺少感情发生发展的基本逻辑，高潮由何而来？作为一个独立的完整的艺术创作，省去了重要的前景这一环，我的眼泪从哪里流出。大概，那些曾经的知青们能够从中感受亲切，可是更多的观众不是知青，七〇后八〇后甚至九〇后，你拿什么感动我们。电影不只是拍给特定的某些人看的。

如果静秋和老三的眼神和内心更加丰富和生动一些，或许，传达出来的效果会有所改观。遗憾的是，电影并不关注她和他丰富、生动的内心世界，无意在她和他的惊慌、心跳、迟疑、渴望、疼痛、思念上下功夫。电影只是一味地在开窗，开得再大一些，全然不顾为什么会开窗，为什么要在窗口不停地张望，电影显然忘了，开窗的过程中，她和他需要停下来遐思、冥想。

另外，所谓的纯爱，并不意味着至死也没有性爱，也不是某个外表清纯的女孩或男孩所能代表所能承担。性爱，人世间如此美好的情愫之一种，水到渠成之时，它只能是对纯粹的爱的锦上添花，而绝非败坏。

当我们看伊莎贝尔·科赛特导演的《挽歌》，就深有体会。老教授和女学生，一个如此俗套的爱情故事（尤其与《山楂树之恋》有着类似的俗套结局），男和女，该发生的全部发生，无一省漏，可是我们感受到的并非肮脏和恶心，而是纯粹，是向往，是喘息，是深深的打动。人类也正是因为有了这些美好的期待和信念，仍旧对平凡的生活如此眷恋，不舍离去。

总在每一处我担心的地方拐弯

——《爱情的牙齿》观后

　　这是 2007 年的一部小成本电影，它不可能像那些大制作一样，第一时间赢到更多人的注意。几年之后的此时我才注意到它，是迟是早无关紧要，紧要的是，它令我陷入久久的思考。

　　看的过程中，我自始至终都在担心，主人公钱叶红的爱情会不会滑入俗套——我担心钱叶红欺负给自己写情书的怯怯男生何雪松；我担心钱叶红报复自己曾经爱过的已婚男人孟寒；我担心婚后的钱叶红对只想好好过日子的丈夫魏迎秋大加抱怨；我担心偶然重逢的钱叶红和孟寒旧情复燃；我担心魏迎秋了解钱叶红的过去之后看不起她……然而，故事在每一处我担心的地方都拐了弯，我的担心化为乌有，直到结束，钱叶红的生活在自我救赎和难以救赎中顺其蔓延……

　　是什么样的痛，令钱叶红绕不过放不下呢？我以为，是钱叶红刚刚萌发却又一夜之间永无可能的残酷的爱情，更是眷恋是愧疚是忏悔，钱叶红的变化正是从死亡和失去之时开始，爱情改变了她，从一个不知羞耻的女流氓变成一个在爱情面前异常勇敢的女人，她学会了隐忍、收藏、退却、坚持，这样的人，是有救的。钱叶红的有救，似乎代表着中国电影的有救。

这些年，我们看过太多这样的爱情：撒娇、跋扈、自恋、埋怨、嫉妒、怯弱、后悔、冷漠、计较、自残、卑躬屈膝、你死我活、语不惊人死不休，也看过不少同情、感恩、纯真、温情、成全、牺牲、奉献的爱情，然而，它们往往惯于无谓地夸大，拔高，歌颂，以恶俗、矫情、喧哗俘获廉价的泪水。所有这些，无论大制作还是小制作，大腕还是小腕，停留在扯着喉咙直到把嗓子喊破的水平面，谈不上什么深入和享受，所谓的感动，也就是短暂的一秒，它不会过夜，更不可能发人深省。正如汶川大地震一样，那么多双眼睛天天对着电视机洒下热泪，然而灾难过后，没有几颗心灵发生真正的改变。建筑师和包工头们记住把房子盖得靠谱一点了吗，还是他们在暗自祈祷类似的灾难最好等到他们百年以后爆发？当人们又一次将垃圾扔进河流的时候，是否想过有一天清澈的河流会在眼前彻底消失？准确地说，而今，众多的观众，基本处于麻木状态，对国产电影不再指望任何。正如桥梁在继续垮塌，天坑在继续涌现，假球在继续狂踢……如此现状之下，《爱情的牙齿》的冒出，算是给麻木的人们一记不小的惊喜。这样说吧，它既平凡得可以，又那么不同凡响，它将忙碌在泡沫中的人们一下子拉了回来——哦，原来生活是这个样子，其实生活正是这个样子。事实上，生活本该如此，无所谓悲剧，无所谓喜剧。《爱情的牙齿》只不过道出一个事实，一个我们几乎遗忘的事实。

与此同时，我发现自己是如此的爱国，我多么希望国产电影从此有个像模像样，而不是遗憾丛生的未来。或许，有人会对《爱情的牙齿》挑三拣四，诸如无非是一个女人三个男人的故事、总爱用身体上的疼痛（背部和牙齿）提示爱情的疼痛，还有好些个穿帮镜头等等，在一向挑剔的我看来，这些挑三拣四自然可以理解，这些不足也容易找到解决的办法，只要电影在整体上、方向上把握要领，诚恳地展现人性本来的面目（颜丙燕的表演实在令人欣喜），就是好的。我相信，真正令人震撼的电影，每一个观众都有明明白白地感知，谁也骗不过自己的心，滚烫或者冰冷，清清晰晰，除非观众同样愚不可及。

2011/07/07

让每一个清晨将我带走

——写在笙哥葬礼之前

待到天色微亮，我悄然起床，从卧室出来，将门轻轻带上。走廊里的温度与卧室内相差无几，我几乎感受不到从空调间出来时惯有的扑面而来的热意，接下来的白天会不会有几分凉爽？时辰尚早，未到日出的钟点，还无以判断。准确地说，这个清晨，我明显地少了关心天气的热诚，天气大约亦由上帝赐予——无力改变的事，又谈何计较，我们只不过被动地承受罢了，正如人的运命，何时生何时死，又有谁说得清！

我背对露台，直接进入厨房，水槽里，满池子的碟子碗筷——前一夜又停水了，我等不到来水就上了床——第二天有事，我得提前休息，准备好充足的精神——近年来，我极少出门，参加任何形式的集体活动——随着年岁的翻越，我愈发觉出孤独的永恒与珍贵。而今天的出门，是我得知消息之后，不用犹豫就决定的。

打开龙头，水咚咚而来，顺理成章——世上的万事万物，仿佛这龙头，只要一打开，水就会哗哗地流，一切的一切，对抗与交流，眼泪与欢笑，胖与瘦，生与死，既之相对，又互为道理，如此水到渠成，相缠相依。水从遥远的河流或者地底，顺着奇形怪状的途径，来到我的水槽，于是，一件件脏了的器具，清洁得初生婴儿一样，完全不留痕迹，不遗余味。当一个人死了，还会知晓类似的凡间规律吗？是不是一切都得重头来过，包括基本的春耕秋收冬藏？——以往，我决不信任的所谓天地流转，这一刻，异常清晰地追逐着我。其实，我分明还是不信的，只是情感这亦福亦祸的东西，便是理性的哲人，怕也难以轻松绕过。

如同往日，天空渐渐明朗，只是东方还看不到应有的红。碗碟在我的手里，一个个转动，机械而熟练。一俯首，大大小小的泡沫正一点点破灭，不知不觉间消殂于无，我甚至找不到丝毫它们存在过的佐证。面对一只只亮洁的碗碟，人们是无需考虑什么过程和佐证的，亮洁的碗碟带给人们舒适和优美，已经足够，至于其他，忘却也就忘却了。可惜人不是泡沫，人在世间走过一趟，会留下脚印，留下思想和情谊，未死者会为之哀伤，为之惋惜，因为彼此的相识与相爱。或许，那些哀伤和惋惜，为的只是日后的自己——为他人，何尝不是为自己。

关掉龙头，周遭倏然宁静，一丝声响都入不了耳。外面的天色有些发暗，太阳没有出来的征兆，不知是否天气的原因，窗外的电线上，没有一只鸟儿歇脚。我把自己关在浴室里，任温和的水流细雨一样，从头淋到脚。闭上眼睛，即是另外的世界，仿佛生与死的界线。此时此刻的我，离死那么近，离生那么远。我所理解的生死一瞬间，大概如此。这个些微清凉的清晨，我不知沐浴了多久，最清楚不过的事实，我的心跟着水流，一次次死生轮回，生死遨游。而我想做的，我能做的，又只是不断地冲刷，将我凌乱的头发将我肮脏的身体将我的每一个毛孔，来一次细致而周密的打扫。站在镜子面前，穿上素色连衣裙，我再一次认真地确认自己。生与死，死与生，尊重他人，尊重自己。

下得楼来才发现，天空飘起了雨丝，没了夏日的炎热，这个清晨格外清新。这是一个孤独的清晨，也是一个清醒的清晨，我多么希望，这样的清晨将我带走。

转出巷口，常青哥哥和姚姐姐已经到了。大家相互点了点头，钻进车里，谁也没有开口说话。车轮在细雨中飞驰，目的地是郊外的殡仪馆，最后的笙哥在那里等着我们。

2011/08/08

留恋一种轻松的生活打发

　　仍然是无心读书无心写字，甚至是无心坐下来。如此境况之下，坤坤在这里，显得再合适不过。我们早餐没吃，便各据桌子的一方，就着一杯绿茶闲聊起来。荡子的两只脚交叉着，撩到桌子的一角；我的一只膝盖靠在桌子的一边，坤坤则坐在长条藤椅的中间位置，双肘撑在桌面，倒是正常的坐姿。这样的身体姿态，势必将人带入一种最自如的状态。

　　皮皮是一大早走的，我们都还没有起床。当我发现电视机下面昨夜还在的一个大大的红纸盒不见了，便想起来问荡子（他们打扑克到凌晨，我先睡了），"那套茶具是不是你让皮皮拿走的？""么子茶具，不晓得啊。"待荡子回过神，转而对坤坤咧嘴一笑，好玩多于无奈："狗日的，老皮总是这副德性，说一万次都不改，么子事不打个招呼，真是一点办法都冇得。"话题自然从皮皮开始……这样的谈话轻松而惬意，人也好事也好，想到哪是哪，想在哪打住便在哪打住，其间的笑声也是。不像写作，逻辑层次结构，前后左右得时刻兼顾。这个时候，思维也格外活跃，所谓碰撞出火花。可惜坤坤时有电话进来，聊天不得不几度中断。差不多十点的时候，坤坤挂掉一个电话说要赶回广州做事，我不免有些留恋起来。

这留恋的是人，又不是人，是聊天，又不是聊天，确切地说，应该是一种轻松的生活打发。而作为朋友的坤坤，正好符合我们散漫的理想。坤坤是常客，也可以说算不上客人，来了就来了，家里有什么吃什么，累了就沙发上一倒。洗漱间里，坤坤的毛巾牙刷和我们的摆放一起，随时恭候着。坤坤在外面发现什么好东东（例如雪茄、新白沙），也会带过来给荡子试试。我们和坤坤，坤坤和我们，里应外合着，胜似一家人。尽管如此，我每次给坤坤倒茶，他还要说声谢谢。坤坤是个受得起宠的朋友，一进门就笑咪咪的，一团和气。坤坤一段时间不来，我便会问荡子怎么回事，催他打个电话过去。而坤坤每次离开，作为女主人的我，都会加以挽留（绝非客套）。坤坤过来这里，俨然休假的性质，他说一想到过来，就很快乐。恰好，我们也是。坤坤一来，我们的日子又可以换一种形式打发。

　　时至今日，这种轻松的打发几乎成为我们生活的全部，我们无需在意别的所谓的意义。高贵也罢，凡庸也好，人生的意义皆在人为，既是人为，就得倾向人之所好。我们好的是简单是轻松是愉快，没有那么多复杂那么多优雅的所求，那么就直奔主题。何况生活是自己的，每分每秒是自己的，历历在目，又难以抗拒。

2011/08/10

斗争的蛋糕

那天下午，缘于某种暗涌的怀念，当超市玻璃柜里的蛋糕从眼前掠过，我的视线就此作了逗留。

乍一看，是一款普通的纸杯蛋糕，红绿条纹的褶皱的杯身，圆桶的杯体，奶黄的色泽，和众多蛋糕店里的蛋糕没什么分别，倘若注意力稍稍集中，你会发现它有着非常细腻的质地，不光蛋糕的杯面，裸露出来的杯身部分同样细腻至极，无需想象，那种爽滑的口感便会顺理成章地视觉而触觉而味觉，和当年老家小店师傅所做的有着类似的欲望。而紧邻纸杯蛋糕的梅花蛋糕，全身有着粗细不致的毛孔，仿佛陪衬，烘托着纸杯蛋糕的柔软与精致。

我彻底转过身，立在纸杯蛋糕面前，为此次意外发现由衷地惊喜。在外这许多年，虽然尝试过各种风味的蛋糕，却没有哪一次令我有所记忆。那些看上去很美的蛋糕，尽管也有着精巧的做工和嫩滑的口感，无一例外的是，一吃就腻。因此我的印象里，蛋糕更多的时候与甜腻相伴相生。然而不知为何，对于蛋糕，我的怀抱时刻敞开着，预备着一种迎接的热情。所谓蛋糕不美，期待总是美的。

再看价钱，一元一个，相对飞涨的物价，算是适中。我扯下包装袋，一个两个三个……夹到第六个，想想差不多了，当早餐吃，一天两个，正好吃三天。这种散装食品保质期也就几天的时间。回家的一路上，好心情平添了几分。

到了家里，我迫不及待地拿出来品尝，果然属于鸡蛋多面粉少的那种，容易下咽，是近些年来吃过的较为地道的蛋糕。如果非要与老家小店的相比，纸杯蛋糕的口感过分的绵细了些，反倒差了点什么。不过，能吃到如此接近的味道，也算难得。

老家小店的蛋糕，鸡蛋由顾客自带，面粉和糖则由店家提供，鸡蛋放多放少，顾客自己说了算，店家只收取少量的加工费。记得校门口那家小店门面不大，门前搭起的凉棚倒是极大，店里堆满乱七八糟的东西，也不见得卫生，去那里做蛋糕的人却络绎不绝，店家得按次序编上号，顾客得耐心地排队等候。每天，总有些邻近的婆婆婶婶歇在凉棚里，看师傅一道工序一道工序地做，边闲聊边等，等不到也没关系，第二天再来。正是那个时候，我对蛋糕的优劣有了初步的判断——蛋糕的优劣取决于蛋糕中鸡蛋与面粉的比例，这种认知一直延续至今。也是从那个时候起，我再也没吃过更好吃的蛋糕，我对蛋糕的美好记忆全部付给了那家低矮的小店。

难道真的因为物质丰富了，人的口味跟着水涨船高？如今的纸杯蛋糕尽管好吃，我还是只能每天消耗一个，第二个无论如何是吃不下去了。我再也不可能跟从前一样，没事就随口吞下一个，更不可能拿它当饭吃了。六个纸杯蛋糕，除去买回来时尝掉一个，足足抵了我五天的早餐。后面的两天，我只是机械地从冰箱里拿出来，再也不像先前那样急于久欲一尝。而六个蛋糕吃完，我也没有想过去超市续些回来。蛋糕毕竟是甜点，不宜长吃久吃。

渐渐地，纸杯蛋糕的美味差不多被我遗忘了，直到半个多月后，我经过超市，再次遇见它。刚出炉的纸杯蛋糕，快要溢出杯口的样子，凝成一滴一滴，新鲜得冒着热气。或许是超市里令我心仪的吃食实在不多，我照样不假思索地一个个夹了起来。正当我欲转身去服务台打包，瞥见蛋糕的价钱，由原来的一元变成了一元九角。真够狠的，一涨就是百分之九十。旁边几位妇女也在嘟囔：琴日仲係一元，咁快嘅……难怪围着蛋糕的顾客比上次少了。再看看隔壁的梅花蛋糕，仍旧是老价钱，论斤称。看来这款纸杯蛋糕深受广大消费者喜爱，要不怎么涨价呢，还这么猛！我稍作犹疑，从包装袋里取出三个，只要三个得了，反正也吃得勉强。

或许是涨价导致的心理因素，三个纸杯蛋糕，我愣是断断续续吃了五六天，同样的东西，美味似乎逊色了不少。

第三次去超市，我特地留意了纸杯蛋糕，意外的是，它又降到一元一角，只是盛它的纸杯小了一个型号。真是用心良苦啊。我还是顺手拣了几个，毕竟难得出一次门。

我最后一次看见纸杯蛋糕，是一个多月之后，其价钱又升到了一元八角，而这一次，我再也没有买它的冲动了，我倒是在网上搜寻起家用蛋糕机来，什么时候亲自动手，想放多少鸡蛋就放多少鸡蛋，那才好。

关于这次纸杯蛋糕的记忆，一点点地远去了，其间的循环往复，我仍然清楚地记得。当然，它与纸杯蛋糕本身的品质无关。那款纸杯蛋糕，若是刚上市，就定价一元九角，我也会欣然接受的。可惜机关算尽，我却再也不想买它了。后来几次去超市，纸杯蛋糕再也没有出现在玻璃柜里，从生到死，短短几十天，就和人们拜拜了。

相信它，哪怕它是一个谎言

　　这些天常常和朋友们聚会，在外面，在家里，生活仿佛真的变成喝酒吃饭打牌。每每有人邀请，有些难以抗拒，而每每下来，又有些疲累，眼看日子一天天流逝，心里空落落的。荡子自然也感觉到了，自言自语着，这一向不出门了，写点东西。这样的话，在他，时而有之。若是搁以前，我会习惯性地摇头或者反驳。忘形之时甚至将某年某月的案底翻出，非要铿锵地表明我的不信。结果往往是，话一出口，我就后悔了——只见荡子转身拿起毛笔，胡乱地在报纸上飞舞，或是打开电脑，点一根烟，下起棋来。整个过程，他一声不吭。我猛然意识到，自己未免太无趣了。而今，每逢他决心（奇了怪了，他怎么隔三岔五地决心呢），我就飞速过去，夸张地伸出双手，欣喜地与其狠狠相握，或是轻轻地弹出小指，静待他与我拉钩，表示我低调的赞同。尽管我十分清楚，决心的话十之八九是一个说辞，作不得数的，然而，生活何尝不是一种乐趣，信任何尝不是一种幽默和享受，并且，是积极有效的那种。何必字字刻在钢板上，句句当真呢？何况，有决心总比没决心好，它至少表明一个人对生活葆有觉悟，对自己尚存不满，也就是说，希望和理想的微光时不时在不远的地方辐射你、偷袭你。没有希望和理想的生活才是真的可怕。

我的这种转变不知什么时候开始。必须承认，我似乎生来悲观，自己消极怠惰不说，还惯于打击周围人的积极性。高中毕业之后，我曾认真地反思过——那时，我常常以局外人的身份，对学校的文艺积极分子有意无意来一番哂笑，仿佛这世界只有自己最清醒最理智最透彻。几个死党大约是碍于情面，只好按捺住心中的热情，跟着我一起自以为是，我们成了同学们眼中的说不上清高也说不上颓废的一群。想来真是惭愧，自己无知无能也就罢了，还要拉上一帮垫背的，罪过啊！如此显而易见的道理，到如今，人至中年，仍需一而再地拎出来省悟一番，可见秉性这东西是世上最顽劣的基因。人生在世，谁还没有过雄心壮志，难不成只许每个人把想法憋在肚子里发酵，若是说出口而做不到，就连说的权利都没有了？殊不知说出来，既是激励，亦是鞭策，坦坦荡荡的事，有什么好遮好掩的，再说，万事万物，变幻莫测，尽人皆知，谁又有资格要求另外的人呢？

　　跟荡子比起来，我似乎稳当一些，或者说，狡黠一些——不好意思，我也时常决心四起，例如明天开始晨跑，例如一个月拖一次地板，例如一个月写一个小说等等，只是三番五次下来，一再地食言，便不敢明目张胆把决心写进章程，更不敢公之于众了。我是这样考虑的，兑不了现的决心是要遭责谴的——虽然这种责谴，除了自己，谁也不会加身于我，可是来自内心的责谴随时可能不请自来，冷不丁地对扎自己一针，同样不好受。既然如此，还是不决心、不留把柄的好，掩耳盗铃，不失为得过且过的慰藉，谁叫我们每时每刻如此摇摆不定呢！我们总是有一千种理由为此时此刻开脱，令自己苟且于暂时的固有的并不坚强的城堡里，不去思考，不去创造，不去改变，我们总是愿意把思考、创造、改变让路给明天。哦，那该死的永无止境的明天！因此，我的稳当与毛主席眼里的帝国主义差不多，不过一纸老虎，和荡子的懒本质上是同一个鼻孔出气。如果非要作个比较的话，我们只能比谁更懒。

要说改变，似乎还是有的。荡子说，"今天开始，一天一包烟。""OK！"我猛然上前，与他双手紧握。这话是今早突然从他嘴里飘出来的，没有人提醒，也不存在暗示。冲动也好，随口一说也罢，这充分说明，少抽烟在他的潜意识里是健康的生活方式。晚上看电视的时候，他说，"一天抽了16根。""很好。"我再次与他郑重握手，以资鼓励。事实上，我早忘了这档子事，难得他自己且数着呢。尽管再过几天，怕是他自己也不记得了，今早的话极有可能再次成为一个玩笑，一个谎言，可是有一点永远是不会错的——任何人都需要信任和鼓励，不管是孩子还是大人，也不管你是冷静的思想者，还是芸芸路人甲。

等待朋友们大驾光临

　　荡子去广州参加一个朗诵会,出门的时候只带了一包芙蓉王,并眯起眼睛向我重申,"一天一包。"我笑笑,搀送他至门口。他下到7.5楼时,我掩上门,用力"哼"了一声,他用变形的手舞足蹈予以回应。

　　我以为,大部分的出门,荡子是开心的。出门之前,他通常会洗头洗澡换衣服,把自己收拾干净,哪怕有时只是下楼吃个饭就回来。偶尔,这些程序也会免了,八成是因为下棋,到了忘我的境界,尽管朋友在楼下等着,他也不管不顾,一定要把一局下完。一般来说,这个倒霉的朋友是常青哥哥,用常青哥哥的话说,"真背时。"谁叫他不是外人呢,换上别人,荡子也就不大好意思这么干了。下棋是幸福的,出门也是幸福的。下完棋接着出门,便是幸福的叠加。可是关于荡子出门是否幸福,是个敏感的话题,我不能加以肯定的判断。曾有几次,我说他一出门就兴奋,他虽不辩驳,却毫不掩饰地喟叹我对他的误解,觉得我话里有话。我承认,我的话里确实有促狭和埋怨的成分——他早就说过,我是个藏不住的人。自从去年成都回来,我似乎释然了,像是变了一个人,变得宁可独处,也不想出去应付,不想让有限的生命消耗在不痛不痒里,一个人待着,自由自在，多美啊，庆幸还来不及呢。现在，即便我不带感情色彩地提及此话，荡子还会喟叹吗——这段日子，不知他觉察我的变化没有？人活在这世上，已经够卑微的了，既然还没有勇气选择死亡，就得想办法尽量高贵地活着。两个人的生活，尤其对于两个相对觉悟的人而言，并不存在谁纵容谁，理解是相互的，也是必须的。只要明白自己的需要是什么，所有的事情都将迎刃而解。我们需要的仅仅是快乐，反复的持续的快乐，最小的妥协，最大的自由。只要朝着我们的需要努力，就不是徒劳。

　　然而，荡子从外面回来，情形就完全不一样，尤其是喝得有点高的时候。进门顶多洗一下手，脸不洗澡不洗，直接上床。对此，我颇有微词。他也深知我的不满，往往不待我开口，便先发制人："今天真的一点汗都没出，一直待在空调里。"我斜着眼睛，"那爬楼总流了汗吧？"他把脸伸过来，"你摸，你摸看有没有。"我才不上当呢，一摸准是一脸油。他顺手扯下纸巾，往脸上使劲地一顿乱擦，算是他能做到的最积极的配合了。这样看来，我的待遇自然比常青哥哥惨得多。

　　我一直觉得，荡子这样的人，出门并不是贴合他的方式，他理应担任庄家的角色，靠在宽大的藤椅里，举着烟斗，等待朋友们大驾光临。外甥女思思说，"不晓得舅舅坐地铁是个什么样子。"哈哈，我也无法想像荡子疾步如飞是什么样子，他开辆车骑辆摩托是什么样子……

2011/08/15

明哥的一个侧面

　　荡子昨天下午刚从新塘回来，今天吃过午饭又过去了。本来还有些犹豫的，有了明哥这样的搭档，什么都不用考虑了——电话里两个人一拍即合。出门时我递给荡子一沓钱，他接过，"这么多啊。"我说，"带少了，打到钱不够才烦人呢。"和明哥一起，打麻将是主打节目，谈正事反倒成了附带。

　　荡子和明哥出去，我从里到外都是响应的。初来增城，我曾对荡子说，"在增城，我喜欢的人就两个，其中一个就是明哥。"

　　明哥叫唐明生，湖南宁乡人，一个蜗在增城的大画家——这是朋友们对明哥的共同认知。然而在我眼里，明哥是活脱脱的，生动又具体，既是个可爱至极的小老头，又是个货真价实的老顽童。所谓"老"，是按生理年龄来划分的——明哥今年正好退休（他退休不退休没什么区别，只不过心理意义上的一个句点），我从未把明哥当成老者，即便他爬楼爬得很慢很累。饭桌上，明哥抑扬顿挫，滔滔不绝，艺术、哲学、历史、宗教、政治、经济、风水，无所不谈，声音沙哑高亢，笑声透彻豪放，十足的自得其乐。一双不大的眼睛炯炯发亮，游离于现场和集体，晃荡于无形的空气。明哥的脑瓜子尤其活泛，前后左右不断地探着，加之肩膀和双臂的配合，像极了悟空。明哥性情所至深处，我不禁地凑近荡子耳朵，"快看快看，像不像孙猴子。"麻将桌上，明哥甚至一刻也不消停，他那思想的脑袋不时被手上的麻将敲得嘎嘣直响，追悔莫及的耳刮子常常一个接一个，热辣辣，脆生生，再不，就是摇头、起身、挑衅、斗嘴、狂笑、骂骂咧咧，整个场面热闹非凡。有时候他自己听了牌，或者弃和了，便开始骚扰人家，将人家的牌抢先摸在自己手里，也不交出来，只问人家筒子要不要万字要不要，一听人家说不要，赶紧哧溜，替人家扔出去，自己则靠在椅背上哈哈大笑。初次与明哥打麻将的人，往往不大适应，难免产生误会。我就中过一次计，当时明哥摸了牌，可有人喊碰，只见他换一张牌放回去。直来直去的我，条件反射地将明哥插进去的那张牌换回来，结果是张同样的柒条。一时间，我根本不好意思看明哥的脸。明哥什么也没有说，继续大大咧咧，开着玩笑，一个劲地自娱自乐，我的尴尬也就可以暂撂一边。那张柒条，我始终清楚地记得。凡是和明哥打过麻将的人，都会不由自主地受他的感染，让打牌变得其乐无穷，那些计较、在意、烦躁、抱怨、悔恨等等讨厌的情绪，会不知不觉跑到九霄云外。当然，也有一些朋友受不了明哥，嫌他太咋呼，明哥才不管，照样生龙活虎。久而久之，嫌明哥太闹的人自然消失于他的麻将圈，剩下的，便是完全的快乐。如若打到半夜，有人实在顶不住了，明哥便想方设法开始做工作，一再拖延，有时哪怕三个人或者两个人也要战斗到天亮。不论坐在麻将桌上多少小时甚至一天两天，明哥自始至终保持精神抖擞，绝不犯迷糊。麻将之于明哥，可谓真正的盛宴。

　　明哥打牌输多赢少，这已成为圈内的公理，仿佛一个魔咒。有时一开场，明哥便将一叠钱扔在桌上，"嗯，今天就这么多，封你们红包，啊。"明哥偶赢一次，便志得意满，津津乐道。而荡子的命运和明哥相差无几，不仅牌打得一样慢一样臭，还通常是陪着明哥输的那一个。按输的多少排名，往往明哥第一，荡子第二。这也差不多成为公理。

2011/08/19

上午中的一个

好些天没下楼买菜了，今天早早起来，买了八条鲫鱼回来。见我回来全身汗淋淋的，荡子说，"还说今天凉快，凉快个鬼，害得我这么早起来。"我说，"诶，我是爬了楼啵。"我将鲫鱼递给荡子。谁叫他修那么大个水池，不放几条鱼在里面游来游去，岂不浪费表情。养鱼、种菜、浇水、摘丝瓜、捉虫，这类事情，是荡子愿意做的。当然，基本前提是，菜地面积不能太大，因为这类愉情的劳作，运动量有限，本质上算是一种调剂和娱乐。即便如此，还得凭心情。我呢，不管心情多好，对这类劳动从来提不起精神，更别说一看到绿莹莹的菜虫，便触电似地浑身鸡皮了。

等到鲫鱼钻进水里，再也看不见了，荡子回来厨房，拉开冰箱，扫了一眼，又关上。我说，"煎鸡蛋吧。"他就开始一口锅烧水煮面条一口锅煎鸡蛋。也不知他哪根筋来潮，煎鸡蛋居然用的是冲上云霄（增城产的一种辣椒酱）里的油，油一滗进锅里，咋咋呼呼乱蹦乱跳，飚得锅里锅外到处都是，我随即打起雄壮的喷嚏来。我立马申明，"我不吃啊，你自己享用吧。""太有味了吧。""冇办法啦，人一生下来就是孤独的。"见他信心百倍地忙乎着，我洗了个水蜜桃，进房间打开电脑，看起新闻来。不一会，荡子端着碗进来，碗里是他吃剩的一筷子面条。我瞟了他一眼，"说了不吃的。"他不管，将碗进一步伸到我跟前。不到两秒，我就妥协了——我也常常对他这么干。我挑起面条，一口往嘴里送，谁知辣得我够呛，赶紧叫凉水，完了再次申明，"以后用冲上云霄的不要给我吃了，这几天吃了黄飞红（麻辣花生），拉屎都辣呢。"

　　荡子走近他的书房，开电脑开电扇，像是要工作了。不到十分钟，他又拿起那几张天天拿在手上、事先画好格子的 A3 纸和一堆彩笔，来到客厅，打开吊扇，开始这些天来热衷不减的马彩研究。我白了他一眼，"又不关电扇啰。"他嫌我烦人，"哎呀。""有么子必要啵，你至少一个上午都不在那边了。"我过去关了书房的电扇，他电脑屏幕上是花花绿绿的赛马会论坛。经过客厅，见他埋着头，用各色彩笔涂着眼花缭乱的数字，我说，"我爸爸有个学生，姓余，叫不倦，你知道他姐叫什么吗？"荡子头也不抬，迅速接上："孜孜。"过了会又说，"嗯，好，余孜孜，余不倦……"我总是弄他不懂，一堆乱七八糟的数字，怎么就有那么大的吸引力。

　　不到半小时，我听见外面的关门声。随后，荡子进房间来了。我说，"又要困了啰。""你何里晓得。""听到你关门啊。""不关门你又要啰唆。""我又没开空调，进来搞么子。"那就把电扇打开。我开了电扇，两分钟不到，他便睡着了。我在网上瞎溜达，一个字也没有写。

　　一上午，就这么忽忽悠悠过去。

2011/08/20

没有一本书是必须读的

新版电视剧《水浒传》播出的时候，荡子叫我上网找旧版的给他看，还说，"几本名著你还是要读一下。"言外之意，他可以不读，我还是应该读一读，或者说，我还是可以作为我们家的代表读一读——我们家就两口人，说起来又都是搞文学的，总得有人读，是吧。他也知道，对故事性极强的作品，我兴趣不大，何况那么厚的大部头。到现在为止，我读过的名著真是屈指可数（《安娜·卡列尼娜》读到三分之一，至今丢在那里，继续下去实在是一种巨大的耐力考验）。荡子就更不用说，往往一本书才翻开，《序》没看完，就睡着了。每每收拾屋子的时候我就调侃他，"先生，总得把《序》看完吧。"起先他惭愧一笑（惭愧是假，无能为力是真），后来连笑也懒得笑了。

去年有段时间，荡子心血来潮，倒是每天睡觉前读几页《三国演义》（见笑了，四大名著，我家唯独这一本，也不知哪弄来的，我没买过，荡子基本不买书。扉页上写着大到几乎占据整页的欧阳慧、陈扬朴两个名字，也不知何方神仙）。读到差不多一半的时候，终于还是置之一边。今天他又叫我来读，想以此磨炼我。虽然不抱什么希望，我倒想试一试，看看自己现在的心境和过去有没有变化，是否对故事性的作品有了新的理解。就这样，我从书架上找到《三国演义》，将灰尘掸去，放在床头的茶几上，祈愿自己能够坚持下来！

荡子的不读书和读不进书是一致的，之间完全可以画等号。他的读不进书有着与生俱来的成分——似乎没有什么书是他好奇的，他也不认为人类存在什么新思想，所谓的新思想，亦即旧思想，你思想过的他人早已思想过，共鸣或反对是理所当然，也无需印证什么。那些思想存在于斯，只看你思想到了哪一步，最重要的是，这些思想能否在生活中得到应用，帮助人类消除认识上和行为上的黑暗。荡子有着自己的一番道理：孔子没有读过《史记》没有读过《红楼梦》更没有读过莎士比亚，照样产出伟大的思想，那么人类第一个伟大的思想家的思想从何而来？当一个人懂得所有的思想来自于对日常的观察与思考，来自于自己的大脑这个本质，也就懂得世界上没有一本书是必须读的。

的确如此，面对堆积如山的经典巨制，我们往往一片茫然。人的生命是有限的，一个人的时间摆在这里，就那么多，而经典像大海，无边无际。我们拿有限较量无限，或许会陷于疲于奔命的渊薮。毫不否认，阅读经典好比醍醐灌顶，能够更直接更快捷更集中地为人类开启一扇扇天窗，无疑是极佳的途径，然而，它不是唯一。显然，如何找到适合自己的途径，才是可行又可靠的办法。我们身处同一个地球，晒着同一个太阳，度着相同的光阴，不同的是，太阳底下那些发亮的脑袋思考着接下来的晚餐，还是遥远的月亮，这或许是决定性。

有趣的是，每当一众文友聚在一起闲聊，免不了有人将大师和经典挂在嘴上，哆来咪发唆拉西哆，尤其那些国外的这大师那大师，叽里呱啦一长串，出入他们唇齿，犹如自家弟兄，顺溜得很，听得我们云山雾罩。我总是惊奇，他们的脑袋怎么就那么牛叉，记得住那么多稀奇古怪的名字，更别说其前世今生了。有时候，那些叽里呱啦的名字被朋友们赞颂得实在盛大了，我就上网搜一搜，买些相关的作品来读，然后噼噼啪啪，将读后感与荡子分享。要知道，荡子脑子里现存的几个可怜的 ABC，部分还是我二手传给他的。

2011/08/20

不读书终归是个遗憾

　　一般情况，我只能选择自己喜爱的书来读。2007 年我开始有意识地作些写作方面的训练以来，也想慢慢地将阅读范围扩宽一些，不仅将过去读过的作品拿出来重读，还买了些诗歌哲学美学方面的书回来。阅读的时候，我尽量做到不带个人感情，依凭作品带给自己的感受为原则。当然，每个人都有自己的认识所能到达的审美，完全的客观是不可能的，因此，我的阅读偏好仍然明显。然而，在这个过程中，我习惯的做法始终没变：挑剔。似乎是，自小养成的这个毛病，如今顺理成章地在我的阅读中得到充分发挥。

　　喜爱的书，我会一遍遍重来。不喜欢的，有时也会硬着头皮翻下去。可是无论当时翻得多么仔细，我就是记不住情节。这大概是天性，骗不了自己。我相信，直觉决不是空穴来风。我也相信，我决无可能做一个多面手。若是能在自己狭窄的关注之内有所挖掘，那已是上苍的恩赐。

　　我打小读书不进，背书更是我的硬伤。每次考试，凡属死记硬背的部分，不消说，必定将我打败。我最优异的一直是数学，至于历史地理，总在最后几名徘徊。临时抱佛脚倒是我擅长的一招，我的办法是通过理解达到记忆，这是我不至于惨败的唯一通道。我的记忆力出奇地糟,《三国演义》的头两回,这里那里,足以将我打懵,才看几页,就不得不反复地倒回去,前后对照,弄得自己累得不行(谁叫我认真得要命,非得将来龙去脉弄个水落石出)。而如此触动我的《等待黄昏》、《烧马棚》、《包法利夫人》、《为埃斯米而作》……都读过好些遍了,一段时间过去,人物和情节还是说不出个大概。一部作品读下来,留我最深的记忆必定是内心的颤动与共鸣。记忆真是个奇妙的家伙,它永远只认人的意识深层最关注的部分。我不由这样思考:大概那些人物和故事不是我最关注的,换句话说,人物和故事是一件形式的外衣,它重要又不那么重要,或许另外的一则故事照样能达到相同的效果。人物可以不同,故事可以不同,颤动与共鸣理应是相同的。可是不管怎样,什么都记不住,不得不说是我的遗憾。现在,我仍然不想为难自己,逼迫自己做自己不情愿的事,那样收效甚微不说,过程想必相当痛苦,因此,遗憾就遗憾吧,随遇而安好了。

对此,荡子自然有着清醒的意识。"世界上没有一本书是必须读的"的道理尽管堂而皇之,可是当他拿起《波德莱尔美学论文选》时便会感慨,还真要多读点书。波德莱尔的汪洋恣意令人叫绝,天才加勤奋,必定造就更大的天才。从另外的角度,我们似乎也很难找到一个懒惰的天才。对于任何一个想要获得光明的个体而言,勤奋是必须的,天才只能是勤奋的结果。面对博览群书挥洒自如的波德莱尔,荡子会说,不读书是个遗憾。然而,一旦读不进书成为他的前提,也就是说,这种与生俱来的残疾,他一开始就认定这个既定的现实,给自己判了死刑,那么,要达到某种实质的高度,只能在另外的擅长方面寻求更深的开拓。当兴趣尚能成为一个人的指引,我们仍然要说,这个人是幸运的。坦率地说,写诗并非荡子的兴趣。这样解释可能更加清楚：荡子作为一个独立的个体，既然还想赖在人类的世界，甚至想以最懒惰的方式赢得某种还算健康的虚荣，又没有另外的让别人一眼就能看见的方式和渠道，且写几首诗吧，诗歌便是他的方式和渠道之一。在我看来，写诗于荡子，实在是被动之举。有时候，他想出去走走，见见多年不见的老朋友，自觉没什么礼物，两手空空，不大好意思，且写几首诗吧。要不，三五年没有新作了，老友相见，问起来，他有些过意不去，还是写几首吧。他的诗歌，常常这样造成。

如此境况之下，荡子开始劝导我，"多读点书吧。"见到浩宇，也会说，"还是要多读点书。"至于他自己，木已成舟了。

每滴眼泪都是自己的眼泪

　　中午甚是热闹，小汪来了，坤坤和皮皮也来了。小汪是稀客，名义上过来调教我亲爱的电脑，荡子更希望他出来走走，别总蜗在广州。我对小汪的想像，类似于一头老黄牛，疾步于车水马龙中，穿梭于水深火热里，日复一日，疲于奔命的那种，极能代表泱泱南下之打工一簇——没有自己的时间，没有歇息的时间，恐怕连做梦都在加班加点。我偶尔打电话给他，准是请教电脑方面的问题（前提是我通过网络或其他朋友实在无法解决）。每次我都生怕耽搁了他，开门见山，以极快的语速，速战速决。我脑海里这种想像的形成，源于小汪给我的外在印象：黑而壮实，言语平和，浅笑总是挂在脸上，保持一种良好的训练有素的服务意识。若是恰好碰上有人喊打麻将，他想打又不想打，半犹豫状态，上得桌来则十分认真，情绪随手气的好坏有所克制地波动着，我不免暗暗替他捏一把汗，在旁说几句吉利话。小汪难得娱乐一次，输了总归不好，有点对他不住的感觉。荡子说，"那不过是你的臆想，小汪是个开阔的人。"

　　坤坤和皮皮一来，通常的节目是玩扑克，荡子自创的一种玩法，单打单，双打双，有点类似争上游，赢的只有一个，其他人得按差距的分数钻不同次数的桌子。这种玩法在沅江的朋友中尤其盛传，玩过的估计不下五十人。今天小汪第一次参与进来，荡子不大好意思叫他钻桌子（荡子对玩牌有着极大的自信），记下分数算了。小汪打完一局，急着走人。我想起午饭时小汪说丝瓜好吃，便去露台给他摘丝瓜。小汪还要去趟新塘，只想带一条丝瓜回去尝尝，荡子硬要塞给他四五条（这种行为在荡子身上极为罕见）。小汪走了，剩下他们三人，继续玩牌，这下便来真格的，输了钻桌子。晚饭后，我加入其中，四个人玩了一局，之后我退出，他们继续，直到十一点散场。荡子倒好，马不停蹄，打开电脑，下起棋来。我真是服了他，一天下来也就睡了两三个小时（我只要一晚上没睡好，第二天必定头昏脑胀一整天）。十二点了，大家都睡了，荡子还在奋战。

凌晨一点我起来，过去小声命令他："最后一盘！"他不假思索，头点得飞快且诚恳。我知道，他并不是真的答应，为的是懒得和我劳神，好一门心思下他的棋，一会儿我睡了，哪还管得了他呀。当我再次醒来，两点多了，他还在厮杀，我也懒得起身叫他，打开灯，顺手翻看《小说选刊》。读了一页，实在不知所云，心情无端地糟起来，而且，越来越糟。于是关了灯，任泪水顺着发梢静静地流淌，一种无望忽然之间牢牢地攫住我。不知过了多久，我起来，将闪烁的网络断开。很快，我听见外面的水声，荡子洗澡去了。当荡子上床，拉我翻转身来，我的眼泪竟又簌簌而来。

我的眼泪里，有着与荡子无关的部分，这时候也一并地流着。荡子自是不懂，甚至我自己也不懂。然而有一点，我是懂的：每个人都是自己的人，每滴眼泪都是自己的眼泪。这深处的孤独，或许是人之真正向往。这世间，唯有孤独不离不弃，直到永远。

哪怕空中楼阁，也要成全

荡子拣了衣服毛巾，打算和坤坤一起去龙洞。坤坤虽说有所准备，还是些微意外了那么一下下（荡子昨天才提起想去龙洞，今天就跟他走）。我却并不意外，只是荡子的走即刻付诸行动，将我的心理预期往前挪了挪，不过也没什么，迟一天早一天的事。前几天荡子就说过，九月份不能写作。我问他为什么？他诡秘一笑，"我去赚钱，给你买辆车。"好家伙，有气魄。荡子所说的赚钱，是指去坤坤那里玩玩，研究研究《马报》（坤坤在帮人编《马报》）。对此，荡子头头是道，激情万丈。至于迟迟未出手动真格的原因，依他的说法，得等到万无一失的时候。我和坤坤无不在他后面偷笑。哈哈，总算为自己的懒惰找到一个新的借口。我说，"那好吧，我要求不高，只要一个汽车轮子就行了。你也不要太辛苦，听到没。"还别说，这些天，我着实幽默了不少。

几个月前，荡子就想去坤坤那里待一段。我以为，确切地说，荡子是想回过头，重温更朋友更自由更散漫的日子。这个我完全理解，正如我去年去到成都透两个月的气一样——只不过我的透气与他相反，是离群索居。本质上讲，二者没有区别。人只有按照自己愿望的方式生活，才谈得上接近自由。去坤坤那里，是荡子此时此刻的愿望，那么，去就是必要的。而此时此刻的我，不光是懂得这些简单的道理就完了，更重要的是，将这些道理兑换成现实的支持——高高兴兴为他送行，尔后清清静静地安排好自己的生活。无论什么情况下，谁都没有权力阻止他人的自由。成全总是美好的，哪怕成全的是虚无的梦想，是空中楼阁。对于常人，一个观念的形成需要时间，一种行为的改变需要过程，也可以说，由于受的伤还不够重，教训还不够深刻，导致人们还要不断地以身试法。荡子显然不属于这一类，他永远是激情的，投入的，理想主义的，与常人有关，又与常人无关。

据我对荡子的了解，他在坤坤那里待不了多久。对此，我有着十足的把握。荡子对生活的要求简单又挑剔，随意又坚持。他既懒惰又高贵，既喜冲动又极易半途而废。总而言之，他就是一玩主，一闲人。老实说，这也是我毫不犹豫支持他快快出发的原因之一——早去早回早安心，免得在家六心不定。

这次出门是荡子近年来第一次以非客观名义出门。平日里荡子出门也算频繁，隔三岔五，会会朋友，参加活动，近时就在新塘广州珠三角，远时达南京北京山西，然而这些出门都有具体日程，何时去何时回，概念上是清晰的。而这一次，我并不知道他要去多久，也许几天，也许一星期两星期，凭的是他起伏的情绪。我心里虽然有底，还是不那么完全。

荡子之所以选择这个时候出门，我想还有一层原因，是他认为现在的我足够独立。的确，自去年成都以来，我明显地感到自己的变化，更加开阔，更加耐心，也更加坚定了。几个月的淘宝之累，又让我更加珍惜每一段独处。理智上说，我更希望荡子走得坦然，走得无牵无挂，他若是心不在焉地待在家里，倒是我的罪过。

昨晚我问荡子："身边这么多朋友，你觉得哪个比你更舒服更自在？"他脱口而出，"坤坤。"天哪！坤坤一星期至少编三份《马报》，几十个版，他倒好，视而不见。还有，坤坤每个月挣几万，他照样视而不见。他视见的可能是，坤坤昨天一进门就说，"一夜没睡，下棋下到早上五点。"人啊，真是有意思！

摘一条形式主义的丝瓜

荡子一回来，家里就热闹起来，这是必然的。即便没有朋友，也有电话电视电扇什么的，他所在之处，无不风生水起。

回来第一件事，将这几天长大了的丝瓜全部摘下来，堆在客厅的餐桌上。标致的、歪七扭八的、有虫眼的、不小心弄断的，他各归各摆好。我总是对这些事情提不起兴致，荡子不回来，我决不会睬它们，老了就老了，扔了就扔了，反正也吃不完，送给人家又不见得人家稀罕。唯有荡子不甘寂寞地喊我过去，我才哼哼叽叽地换上背心短裤，顺着梯子爬上屋顶（他说我比他轻，不会把铁皮屋顶踩坏），弄得灰头土脸，倒也乐在其中。

荡子摘完丝瓜还没来得及抽完一根烟，门铃响了，世宾和亦非来了。我无意中扫了一眼洗手间，瞥见矮板凳上那张 A4 纸——上面是荡子上次从佛山带回来的世宾新写的一首诗歌《在小洲》，说，"别让世宾上洗手间看到自己的诗歌。"我们习惯在洗手间阅读，所以矮板凳上常常放着轻薄的书报。洗手间里的阅读，精力尤其集中，比躺在床上效果还好。荡子说，"有么子关系呢。"当然是没什么关系，我还是将那页纸折起来，拣进餐桌上的藤篓里。

世宾进屋，一眼看到桌上堆得高高的丝瓜，自然阔步前往露台，想当然那里必定一派丰收景象。待世宾检阅完瓜架，发现只剩下一些拇指粗的嫩头青，没有什么可摘之瓜了，不无遗憾地说，"怎么不等我们来了摘啊。"早知道他有这等闲情，留几条好了。于是荡子遍搜头顶上的瓜架，指着围墙上边一条稍大的丝瓜，"你上去把那条摘了吧，形式主义一下好了。"亦非笑笑，"哎呀，还是算了吧。"此时国明的电话来了，催着下去吃饭，丝瓜的事也就暂搁一边了。

我拿出冰棍，一人发一根，降降温。见世宾随身带着一个不锈钢热水杯，感觉怪怪的，极不协调。我的意识里，只有退休老人或者墨守成规者，比如上班内容主要由喝茶看报开会构成的优越人士才这副茶杯凛然的形象，通常来说，诗人是不会这么干的，尤其世宾这种抬头挺胸昂首阔步之诗人……

更有意思的是，后来据世宾自己讲，有一天他走在龙口西路，一个老外前来问他中国银行在哪，他停下来指给对方。老外说想去银行兑点钱，也不知一百元的人民币是啥样子。于是世宾从自己口袋掏出一张百元大钞向国际友人展示。老外接过去，看了看，又问这张钱会不会是假的呀，能不能换一张再看看。于是世宾又掏出一张……其结果，世宾同志钱包里的钱变魔术一样，成了两张假币。叙述此事的时候，世宾正与亦非荡子玩扑克，一副不苟言笑的样子，既看不出懊恼，口气里也缺乏应有的愤怒，连个 TMD 都没轻柔地附上，像是说着别人的事。难道他手上那副牌真的令他左右为难？我不得而知。反正我和亦非是笑得前俯后仰了，荡子倒平静，说："这种事也只有在世宾身上发生。"我问是哪年的事？亦非答曰，"去年。"显然，世宾的这次遭遇，众友皆知，亦非已非头一回听说。

其实，我也曾有过类似的遭遇，我边笑边说。由于实在觉得好笑，我说得断断续续，话不成句。只不过我那次换走的不是钱，是火车票。那是遥远的 1995，在深圳火车站的人行天桥上。

2011/08/26

没有尾巴的鱼和丢失的月亮

　　睡得晚必然起得迟，可是心里挂牵着早上要买菜（楼下的小市场九点收摊），因此睡得极不踏实。睁开眼睛已是八点，口没漱脸没洗，赶紧往楼下跑。好在还不算太迟，卖鱼的还在。我匆匆挑了四条鲫鱼，让卖鱼的师傅帮忙剖，我先去买别的。买完蔬菜和猪脚回到鱼档，鱼剖好了，可是鱼的尾巴没了，看上去怪怪的。我付了钱，卖鱼的师傅笑吟吟地，将鱼用袋子装好，递到我手上。

　　回到家里，往常一样，将鱼洗净，抹上盐，一条条摆在碟子里。没了尾巴的鱼，短短的，躺在咖色的四方碟子里。我用保鲜膜罩好，放在灶台上。随意瞟一眼，有头无尾的鱼，怎么看怎么别扭，缺胳膊少腿似的，不对劲。没了尾巴的鱼，还是鱼吗？我甚至怀疑。这样的鱼摆在餐桌上，客人们不会觉得奇怪吧？我想在宾馆在饭庄，决不会允许一条没有尾巴的鱼端上宴席。大自然赋予鱼珍珠的眼睛，闪亮的鳞片，光滑的身躯，同时赋予它优雅的尾巴，所有这些加在一起，构成了鱼的完美。尽管多数情况下，鱼尾巴是不吃的（也有地方专吃鱼尾巴），卖鱼者将之剁掉也就不足为怪，可是作为一种摆设，鱼尾巴不仅不多余，反而不可或缺，它承担着生活中必不可少的美与和谐。看到一条完美的鱼，我们会感到愉悦，愉悦才是至高无上的。卖鱼者自是感觉不到，鱼尾巴剁了也就剁了，买家不说什么，卖家更是放心大胆。这其中的审美和原理或许难以说清，只是下次买鱼的时候，我得叮嘱他，别把尾巴剁了。午饭时，有世宾和亦非在，我将前两天腌的麻鲢煎了，那四条没有尾巴的鲫鱼塞进冰箱，留着自己慢慢受用。

无独有偶，晚上看电视时，我鬼使神差地，走到壁柜前将几天前朋友送来的一盒"八星伴月"打开来看。这一看还真是有意思，周围的"八星"健在，中间的"月"没有了，空留一个大大的盒子，里面的黄丝巾海绵也都完好无损。我和荡子相望着哑然而笑，继而越发觉得好笑起来。再看外包装，上面明明写着 $1 \times 250g$，$8 \times 80g$，一大八小，月亮并非虚拟。月亮上哪去了呢？巧的是，我今天是怎么啦，怎么想到将月饼盒子打开呢，按说我不该有这种动作呀？既不爱吃月饼，更不关心每年的月饼能玩出什么新花样。或许是因为盒子上写着"八星伴月"而非通常的"七星伴月"？那么，月亮被谁偷走了呢？楼下的保安（因为懒得下楼，月饼在保安室存了一天一夜）？我想不会。我们家时常存东西在那，吃的用的，有时还不止存一天。说不定送月饼的朋友自己都不知道盒子里少了月亮（月饼常常被送来送去，这家转到那家）？还是月饼从太阳城酒店出手时就不在了？记得有次，朋友送来的一箱苹果，吃到后面，才知道底层的格子里少了六七个，如果不是故意，那么少了苹果的格子为什么不在第一层而在最底层？明明有做贼心虚的意味嘛。太阳城那么大的酒店，应该不会和苹果贩子同日而语吧。这样想来，月亮丢在什么地方，只有上帝知道。

想想真是有趣的一天，没有尾巴的鱼，丢失的月亮，还一早一晚呼应着。

放弃那些该放弃的

　　一大早，思思、荡子和我全体出动，将几十大包衣服一件件连拖带提运下 8 楼，累得一身臭汗呼呼地往外涌。九点半，思思和荡子载着"十月纪"（淘宝店名）去佛山了，我拍拍身上的灰尘，独自慢悠悠地一级一级爬上来（平日一步两级）。忙活了半个年头的活计总算与我告别了，尽管它仍然真实地存在着，我再也不必每天面对它，我的顾虑和操心也就可以从此一笔勾销了。至于十月纪的未来，似乎与我关系不大了，由着思思好了，赔了也就赔了，没什么可惜不可惜的。现在，我只想说，自由是买不回来了，赚得了现时的自由，才是真正的赚了。

　　整整一天，我都在流汗，而且是大颗大颗看得见的汗珠。虽然统共只有二十来分钟的体力劳动，然而如此大如此密集的运动量，我的生活中着实不多见。以致下午跑步的时候四肢无力，有些支撑不住，只断断续续坚持了十多分钟。

　　相反，今天是许多天来我真正放松的一天，亦是我期盼已久的一天。一个人待着，什么都不想，什么都不做（什么都不想做），仅仅就是坐着，窝在藤椅里，看看不动脑筋的电视，便觉十分安然。这安然里分明带着一份庆祝——从今天起，一切又回复到原来的样子，沉静的样子，简单的样子，纯粹的样子，我想要的样子。真好！生活拐了一个弯，又回来了，新生活即将重新开始，多么好！无论什么时候，人总是不会拒绝新生活的，而这新生活，明明是旧的，本该一如既往的。

这一趟"十月纪"之累，让我再一次确认自己只能过那种没有忧虑的生活，任何一点分心都会令我异常疲惫。面对他人（除自己之外的所有人），我的内心如此柔弱，这永远都会构成我累的要因，十年百年也不会更改。短短的几个月，一点一点的累，我直想喊，直想逃跑。好在思思回去，能和她妈妈一起继续，我可以完全抽身出来，也算有个圆满的解决。能力的缺失使得我进一步认识到，我最好的未来，只能是在自己狭小的斗室里，天马行空。荡子说的没错，也许写作更适合我。如此折腾一个来回，我算是更加懂得了自己。

接下来的独处，将是我越来越熟悉、越来越适应、越来越珍惜、越来越得心应手的生活状态。大部分的时间我思绪万千，脑子转得飞快，一刻也歇不下来。不要说阅读或写作，便是收拾屋子玩游戏看电影做饭洗澡，这机械得不能再机械、这一道道来了就走的流水，都会不知不觉间在我的思绪下走南闯北，绕出好远好远。有时候，一旦身边有了另外的存在，哪怕只是荡子，我都无法静下来，我都会分心，要考虑别的，例如按时淘米煮饭，中午的餐桌上吃什么，偶尔还要前去他的领地骚扰一下，哈哈，我的神经总是由不得我，被这里那里牵扯着。然而这一切，是我所热爱，是我所离不开。

地老天荒是一个搞笑的词

中午刚喝完稀饭，荡子回来了，我有些意外（我作好了他至少一星期不回来的思想准备）。然而开门迎他进来，我没问他为什么不直接去龙洞，而要从佛山折回来。有时候，荡子是个极细腻的人，我相信前天晚上看电视时的一幕，他一定感觉到了——刚开始我们还有说有笑，不知什么时候空气突然就沉闷起来——想到他第二天要出门，也不知哪天回来，我心里突然就有了一丝痛，我头一低，独自进了房间。记得几年前的一天，他要出远门，出门之前，他不忘将露台里那根吊在窗边的瓜藤砍了——之前我跟他提过，一个人的晚上，那根瓜藤映在玻璃窗上，飘来荡去，蓦然瞥见，有些小惊恐。

我和荡子，正经起来，好像说什么温暖的话都不合适。他不会说，我也不大习惯。他不说，或许在坚持什么，较真式的，不乏那么一点迂腐。而我，忧伤之时（忧伤，仿佛生来就长进我的骨骼）分明浅浅地想望过，表现出来，则往往是悄无声息地背转身去。我们总是如此真实，不肯低头，哪怕得意忘形的时候。地老天荒，对我们来说，似乎是一个搞笑的词，任何时候它决不可能从我们嘴里说出。严格地说，我俩都在坚持什么，理想与完美，犹如那高悬的月亮，永远都够不着，可它必须高悬在我们的视阈。我们每天谈论着新的发生和发现，如此激情，像两个老去的愤青；又如此理想，像两个不老的少年。

间或，我们也谈萨特和波伏娃，此时，理智总会占据绝对的上风，它更像是一种对照，一种提醒，一种鞭策。我的侧重往往是对波伏娃的抱憾——既然她如此了解萨特，何不顺水推舟，做一个从内到外的极致女人——无法摆脱的占有欲带给她的必定是减分，这也是爱情中的波伏娃和萨特的根本区别（女人和男人的区别）。我完全理解波伏娃作为一个女人的艰辛与俗囿，可是萨特已然不拘一格，这是已知的不可更改的前提，波伏娃不该让自己的爱情葬送于单纯的萨特。爱理当是自己的事，放在心上就好。如果波伏娃把萨特当作真的朋友，把自己当作独立的个体，那些不必要或者说无意的纠结会自行消失。我所说的无疑是一种理论上的状态，撇开了人的情感因素，可以说是鸡蛋里挑骨头。波伏娃作为女性主义的标签和符号，她完全应该做到更彻底，可惜她没有最佳程度地把握。萨特的洒脱在于他一开始就认识到婚姻的非人性，因此婚姻不是他需要的，并且他的一生都在可爱和好玩中身体力行。他的生存使命似乎十分明确，在于文学与哲学，在于萨特主义。我决不怀疑萨特对爱情的真诚，只是爱情更像他生命途中的风景（重要风景），不至于令他忘乎所以。荡子则直指婚姻的非人性。本质上讲，我们的认识如出一辙。

尽管如此，我们还是勇敢地选择了婚姻，毕竟理论和认识不等同生活，我们不可能时时生活在灵魂深处的理性里。日常如此琐碎、庸常，不可能每分每秒都浸泡在真空里（此时，我更要郑重地向波伏娃致敬）。既然上帝叫我们生又叫我们死，我想最好的生存方式，还是抱成团，相依为命，做相互的伴。不必等到山崩地裂，大难临头，也不必等到山清水秀，柳暗花明。偶尔，我会对荡子说，如果我们早早地结婚，怕是早早地离了。他只一笑，他的笑里，什么都没有，又什么都有。

回到开头，荡子今天折回来，或者只是想用行动对他的伴说明什么。他不好意思地笑着，"啧"了一声，"有些放心不下。"感叹中，像在责怨自己这把年纪了，怎地反倒善感起来。这不是我们素有的说话，它超出了我们惯常的表达。其实，这句话也不必说的，他按响门铃的一刹那，我心里就听到了。我并不愿把他的回来称作惊喜，我甚至不知道，生命中还会有什么样的发生，称得上真正的惊喜。

我深信，此时的生活，是我最终的生活。

生活可能就此断裂

　　一个人的生活颇为简单———旦吃饭变成一件简单的事，日子就简单了。很多时候，女人的日子都在围着灶台打转。从买菜到做饭到收拾碗筷，一天几趟，来回的重复，光阴犹如自来水，汇入下水道，便再也看不见了。倘使能从中自得其乐，甚至将一日三餐当作花样来翻新，当然是幸福又幸运的。长此以往，需要的是女人的心甘。心甘了，情愿了，不要说家务，外面的事女人也能挺身而出（不得不说，女人是极可爱的）。而女人的心甘，很多时候，并不取决于自己，而取决于另一半，取决于爱或不爱，爱多还是爱少，几斤几两，以及所爱是否值得——这种权衡，在女人心口，恐怕时时都在。及至我们家，人口本就简单得不能再简单，吃饭亦是相当简单——荡子对吃的要求重在口味，白辣椒杂菜汤酱豆豉，完全可以当大鱼大肉来吃，两人都懒得动手就来个蛋炒饭。现在他出门了，剩下我自己，既不需要招待客人（招待客人是我们家长期的不渝的工作），也就无需下楼，绝大部分时间我都在网上，阅读，写作，或者看电视，睡觉，看似随心所欲，却定时定点，比平常规律得多。

　　今天确是有些难得，早上起来，想都没想，我直接拎起擦布，将所有的家具耐心地擦起来，桌子茶几椅子凳子衣柜床包括冰箱，一样也不落下。换了平日，一般两三天或三四天例行公事地清扫一次，或者有客人要来，便应付一把，匆草得很——我忽儿想起80年代人们写信，明明是花了心思写的，落款时却谦虚地加上"匆草"二字——我这里"匆草"可是客观之说，自家的卫生自己打扫，又指望不上别人，没什么好谦虚的。好在荡子对于如何维持家庭整洁的问题有着充分的认识，房子装修时，就做足了防患未然的工作——坚定不移地选择露天用的那种灰不溜秋的地砖，进门用不着脱鞋，走来走去也不显脏，灰尘厚了就扫几扫把，仿佛回归几十年前的水泥地板时代。说到底，世间的万事万物以及世间的方式方法皆为人所造，为我所用，本不存在回不回归，好与不好。而今天，我积极主动的大扫除显然不为别的，仅仅为着心情的需要，完全是为内心而擦——对我而言，擦家具是一项机械运动，用不着脑子，可那时我的脑子一刻也没闲着，总是不由自主地滋生一大堆想法来。追溯起来，也不知是些乱七八糟的什么，这里那里，梦一样，有时一点逻辑都扯不上，来了走了，犹如灵感，但绝对丰富、悠远。总之，其过程极其轻松自在。也只有这样，搞卫生才是件幸福的事，我才能领受家务活的快乐。擦家具的时候，我分明希望接下来的整个白天是明朗的，这明朗既是周围环境的、更是自己心境的，当我回头，当我起身，当我倒茶，当我伸懒腰，瞟见那些一尘不染的家具，不要因为我熟知它们的前世今生，而产生脏污、不敢靠近的联想（尽管一天之中我基本不会碰那些桌椅板凳，我的活动空间大多在小房间的藤椅和床上），那样多多少少会影响我的情绪，我的情绪里一旦少了纯净，多了杂质，时间可能会就此断裂，一天又将在破釜沉舟之中度过。

擦完家具，烧好一壶水，然后打开玻璃窗，准备好绿茶和月饼，并且将月饼里的蛋黄用勺子抠出，一切就绪，终于可以落座。此时，晨曦从雁塔的背后斜洒在方桌上，我打开读到一半的《人间词话》，彻底平静下来。起床到现在，这一系列的铺垫，似乎全为着这一刻，为着这崭新的一天。

2011/09/01

尴尬是一种病

嘀嘀嘀嘀，QQ 消息。W：资料拿到没有。我：拿到了。谢谢。W：我以为荡子拿到后会说一声。我：他这些天总在外面，可能忘了，不好意思啊。

这句话发送过去，我有些后悔，显然有申辩的意思，不仅自己，还在替荡子申辩。现在荡子在佛山，我想打电话过去，责问几句，还是罢了，回来再说。转而，我又怪起自己来，当时荡子拿资料给我，我怎就没想到这一层呢。不是人家帮忙将资料从外地带到广州，我还得亲自跑一趟。

我等待着，希望对方再说点什么，主动扯扯谈，最好来句玩笑，或者打个哈哈，将此事冲淡。毕竟，我不好轻举妄动。然而，接下来，无语，对话到此结束。我犹豫着，再说点什么吧？可是说什么呢，能说什么呢？进一步解释？有意义吗？说别的，似乎不够诚恳？假若对方不回呢？我还真是一点把握也没有。时间一分一秒地嘀嗒，我终于没敢妄自找话，对方也不再有消息传来，一种说不出的尴尬自书桌周围蔓延开来……

我和 W 并不是那么熟识的朋友，只见过一面，因他和荡子熟识，对我甚是热情，后来在 QQ 上，偶尔来声招呼，有什么活动他也会通知我。只是我一向不爱凑热闹，一次也没前去参加。他倒是常常发短信给荡子，看得出，是个热心肠。如果我和他再熟一点，在我，或许也没有什么好尴尬的。但愿这尴尬只不过我的自以为是而已。

QQ这东西，好当然是好，可惜看不到对方的表情（难怪发明了那么多QQ表情），听不到对方说话的语气，总归差了火候。同样一句话，不同的表情和语气之下，效果是可以截然不同的。理智告诉我，尽量不去猜测对方的心理，主观臆断往往会出错，只不过徒添误会罢了。可是人非圣贤，我还是隐隐推想着W的小遗憾和小失望。按照人之常情，对方的小遗憾和小失望也无可厚非。事情已然发生，能做的，只是告诫自己，下次注意。同时，我也要告诫自己，发生了的，不能改变，体会过了就好，不要放在心上。

我并不想设身处地，换了自己是W，事情会是怎样。这种假设毫无用处，因为我再也不会像先前那么在意，岁月流逝，我的在意正朝着一种健康的积极的方向发展。事实上，我无时无刻不在提醒自己，在意那些该在意的，放弃那些该放弃的。当伤害已然造成，在意于事无补，然而只要在意存在，伤害就或多或少存在，在意越多，伤害也就越深，那么，在意只不过是庸人自扰。我并不想伤害任何人，也不想伤害自己。我不想小心翼翼地履于薄冰，也不想尴尬地骑虎难下，小心翼翼是一种病，尴尬也是一种病，问题必定出在人的某根神经不通、不透上。人生的要务，旨在祛病，旨在获得一副宽阔的肚囊，撑得下逆水和行舟。而人一旦有了病，也只能慢慢调理，自我根治，从心根治。

我们常常有这样的体会：当朋友赞美你，你会觉得尴尬；当朋友诋毁你，你同样会觉得尴尬。因为赞美你承受不起，你自愧弗如他们赞美的那么优秀；诋毁你也承受不住，你也不像他们诋毁的那么罪恶。每个人心里都装着一盘棋，每粒棋子都有着自己的位置，慢慢地下，一步一步，输或赢，只看能不能战胜自己。人之所以成为人，是因为人能够控制自己的大脑，懂得适时地将伸出去的手缩回它内在的地方。

不知下次和 W 见面是什么时候，但愿他已经忘掉，反正我会命令自己忘掉，尽管我定然清楚地记得。

等到意志穿过针孔的那一天

学车大半年了，我的驾驶证仍然没有拿到。原因有几：学员队伍雨后春笋，波澜壮阔；驾校本着多多益善的原则，向学员敞开怀抱（报名资料不全不碍事，只要交钱，包你搞掂），永远以最饱满的热情用于招生，最吝啬的耐心安排学员练车，力求以最低的油耗练就学员应付科目考试的临时本领；学员有所不满，转学退学可以，学费没得退，这是所谓的行规；即便转到另外的驾校，面临的是同样的境况，套用一句话，没有最差，只有更差。如此社会风气既已是客观存在，怕是皇帝老子一时也难以扭转，学员唯有忍气吞声和望洋兴叹的份。更主要，主观上，考官往副驾驶座位上一坐，我脑子里立马一团糨糊，手脚开始不听使唤（同考的学员中，独独我这个鸟样）；加上时运相当不济，两次路考都出现突发事件（此时一点风吹草动足以称之事件），要么起步时前面突然飘出辆大货车，要么碰巧宽阔的三车道其中两车道在修路；明知自己动不动就心慌这毛病根深蒂固，还不肯痛快地迎合教练的暗示，上缴所谓的保险，心里有道坎就是 TMD 迈不过。归根结底，还是自己的原因，谁叫自己不够坚挺，谁叫自己适应能力太差，谁叫自己技术未到炉火纯青……等到哪天刀枪不入百毒不侵，能够在钢丝上起舞，意志足以从针孔穿过，再去试试，不 pass 才怪呢。哈哈！

这样想来，关于未来的补考，我倍感灰心——紧张这该死的东西，历来是我的硬伤，尤其面对一众生人单独表演（也不知当年第一次登上讲台咋过来的，想想都替自己捏一把汗），这么多年下来，也没想过找点法子锤炼锤炼，一味听之任之。如今人到中年，依旧俨如一天然之产物，犹如总也长不大的婴孩，上天赐我的那些缺憾——认生、天真、理想主义，等等等等（就不一一列举了），发展到二十一世纪的今天依然不改，原封未动，附身于我。既不谙世故，又不懂攻防，明明假惺惺的场面，还会稀里哗啦，眼泪直抹。投生如此轻浮、无耻、自我、急于求成、好大喜功的暴发户时代，我的原生态不知是悲催还是幸运（要说幸运，恐怕也是关起门来，自娱自乐的事）。基于此，我总是有些不明白，他们怎么就天不怕地不怕呢，怎么就手舞足蹈信心满满呢，怎么就好意思当着所有人的面对自己翘起大拇指说"我能"、"我就是冠军"、"我就是奇迹"、"相信我，没错的"呢，恐怕不全是实力非凡吧。

显然，我和他们走在两个极端。如果说他们不正常，我同样不正常。遗憾的是，我无法走到道路的中间，更不可能跳到路的那一边。我倒是愿意做一条正常的鱼（"鱼贯而出"的鱼），只要下次补考顺利通过。思前想后，一时还真是想不出什么高招，除了低下高傲的头，呈上几张保险费。否则，下次或者下下次（直觉告诉我，还有下下次）补考，也不好说。平时起步停车练得再好，有个屁用。

巧得很，近段看《杨澜访谈录》，杨澜直言，一想到要采访王菲就有压力，万一人家不张口，或者光来几句"谢谢"怎么办，岂不尴尬死了。王菲的回应更有意思，一想到做访问就特紧张，没办法，好像天生就这样，所以尽量少露面。看到这里，我开心地笑了。

可怜的人，原来不止我一个。也不知天后考驾照时，可有与我相似的心理遭遇，还是她根本就不考这玩意。再看《非常道》，范伟说他平时就一个特拘束特腼腆的人，面子矮，对着镜头就怯。演《芳香之旅》那会，总也找不到状态，忐忑之余，总算找到一笨办法，把自己要演的那个"老崔"想像成自己的父亲，并具体到1933年生人，还特意记下了人物背后的一大堆事，为的是自己能够早些进入角色（唯有进入角色他才不怵），不拖剧组后腿。由此招来剧组上上下下齐赞范老师太敬业，弄得他挺不好意思的。此时，我的笑更坦然了。后来看《鲁豫有约》，刀郎这小子更好玩（怎么我专盯这类人呢），若是下个月有演出，他干脆这个月就做不成事了，怎么也静不下来，心系十万八千里之外的未来啊（难怪人称神秘刀郎，原来如彼）。好家伙！看来，兄弟姐妹大有人在呀，不止我一个，痛快！

每当站在阳台，俯瞰宽阔的广汕大道，一辆辆飞驰的大货车（货车怕是最难驾驭的吧），呼啸而来，奔向永无止境的前路，我不由得幻想那个熟练而机械的司机正是自己，漫不经心，晃晃悠悠，日复一日，或高兴或痛苦或无聊，根本不必关心驾照的事。

散文写的就是自己的心

　　不时地，我会收到一些文学爱好者的邮件，发来的大多是散文。有的很长，两三千甚至四五千字，我通常会找个安静的时间，先通读一遍，有个大致印象之后，再逐字逐句细读，为的是找出文章的问题所在。一般来说，我会将自己的看法粗略地列出来，也有的时候，我会写一篇读后感，几百字甚至上千字（最长的达3000多字）。做这些，我非常认真，当成分内的工作来做。我完全理解一个初写者的心情，既小心又忐忑，希望得到真诚而具体的回应。我相信，没有谁需要假装的笼统的似是而非的赞美。何况，如此颠倒如此嘈杂的社会，能怀抱一颗朴素的文学情怀，多么珍贵，我视他们为自己的同类。鼓励和肯定是必须的。更多的时候，我会坦诚地说出自己的建议。总结起来，最大的问题，也是根本的问题，我以为，切切不能把一篇散文写成说明文。这是很多初学者尚未意识到、又容易被稍有经验的作者忽视或者不屑的问题。

　　我们都知道，说明文是实用性的文章，如海飞丝瓶子上的文字，它以最直接的方式告知其成分、用法、用途、保质期等等，目的十分明确，读者也一目了然。而当我们提笔写《我的母亲》和《游白水寨》这类欣赏性文章时，很自然地联想到发生在母亲身上的某件事，去白水寨游玩时一路上所见所闻所感，于是将整个过程罗列出来。这样写固然没有错，可是文章一旦抓不到与众不同的真的体悟真的感触真的启迪，不能给人以新鲜感和独特感，读者凭什么读下去，这是作者下笔之前必须好好思考的。一篇将事情的经过从头至尾逐渐铺陈、不带个人特别体验的散文，本质上和说明文是没有区别的。说明文告诉读者方式方法，读者按照上面的文字即可应用；而说明式的散文能告诉我们什么，如果散文不能传递给读者以享受和开启，所有的书写将沦为徒劳。要知道，读者并不关心一个母亲如何善良勤劳（善良勤劳的母亲在电视里网络上文字里比比皆是），关键是此母亲的善良勤劳与彼母亲们到底有什么不一样的地方，此母亲身上发生的哪件事哪个细节令你记忆深刻令你牢牢震撼，这种深刻和震撼如何一步一步在你的生命中得到延续和共振，得把它们一锹一锹从泥巴地里挖掘出来；同样地，读者也不会关心你几点动身去白水寨以及白水寨有多壮观（再壮观也壮观不过长城壮观不过兵马俑吧），因此作者必须扪心自问，白水寨一游是否真的带给你崭新的前所未有的发现，如果没有，就不必为难自己，硬着头皮去搜去寻去想当然，否则拼凑出来的东东，浮光掠影，貌似那么一回事，既不自然又不到位，自己都战战兢兢，侥幸状态中，又如何指望获得他人的认同。唯有将作者的心融入《我的母亲》融入《游白水寨》，将那些忐忑、疑惑、折磨、悲凉、起伏、意外、欣喜、挚爱等等情绪一点一滴地细腻呈现，母亲才是你的，白水寨才是你的，而不是别人的，也不是无名氏的。

　　写散文，看似在写某件事情，实则在写某件事与人心之间的交互，只有将事实与感受严丝合缝，做到实虚结合，做到事实让路于感受，使感受成为最终的线索与主体，这样的散文才可能谈得上有所意义。写散文，说到底，就是写自己的心。每个写作者必须正视一个现实，读者和作者一样，绝不是傻瓜，读者不可能被作者的应付和敷衍糊弄，作者怀抱什么样的心态就会写出什么样的文章，哪个层面的作者会相应地拥有哪个层面的读者。掩耳盗铃的游戏，捏着鼻子哄眼睛，继续下去是毫无前途的。毕竟，谁都不愿自欺欺人。一个对自己没有认知的人，要想获得提高和进步，无疑是勉为其难。我以为，宁缺毋滥这个词，理当成为写作者的座右铭，或者说，这个词用在任何时代用在任何人身上都不会错。

写作，是一件快乐的事情，既不受人逼迫也不受人指使，唯一能逼迫和指使我们的是我们的心，因此写作只能是为自己而写，为内心需要而写。大凡写作者，都有这样的体会，一段时间不写，等于憋着的话未说，心会不安，会觉得生活中缺了什么，哪怕再忙借口再充足，都无济于事，只因心里有着一份不灭的牵扯。既然我们甘愿将自己的心安放在点横竖撇捺里，何不放下一切顾虑、伪装、虚荣，将自己最真实的心一瓣瓣打开，献给灵魂深处最高贵最丰富的那一隅。瞻前顾后、束手束脚与装模作样、无病呻吟一样，均是写作的大忌。

只要真正从思想上做到了真诚，坦荡，觉悟，有感而发，写作的问题就解决了一大半。至于其他，语言、结构、境界等等问题，都可以慢慢解决，有的甚至可以从技术上解决，也就是说，只要稍微用点心，每个人都可能在极短的时间内达到一定的水准。

2011/09/19

坚强与脆弱不过硬币的两面

　　昨夜开始，头有些疼，空调下的意识时或昏昏沉沉，我并没当回事。及至今天中午，摸摸额头，有些发烫，我还是坚持着，懒得理，只是不再有精力在电脑前坐下来。于是喝下两碗连藕骨头汤，拿起布瓦洛的《诗的艺术》，老老实实在沙发上躺下。身体不适之时，本没有多少耐性阅读，书多半是个附庸，随手夹着的烟一样，并不是真的想抽它，也不是什么时候都能抽出享受来。这个时候，本该读《小说选刊》中的小小说（小小说是我的阅读中纯属消遣，随时可以中断），不知怎么，第9期的《小说选刊》迟迟没有收到；而《诗的艺术》是一本薄薄的册子，举在手里不会有负荷感，这是最主要的，况且昨天已经开了头，评传部分看到一半。

　　布瓦洛用诗歌的形式谈论诗歌艺术，打破一贯的理论文章看上去艰深、枯燥、密密麻麻一块板的传统，首先在形式上不拒绝读者，继续深入下去，这种亲和感越来越浓。布瓦洛正是依照自然的、普遍的、永恒的理性原则，张扬着个人的独立的诗歌审美，看似十分真理的审美标准，理应适合所有的艺术。于我，有印证，有概括，更有启迪。顿时返悟，人在病快快打不起精神之时，或许来些有所启迪的阅读，更能使人分心，痛便可以忘乎一些，减轻一些。

微风穿过门缝吹过来，一阵一阵，你不注意的时候，它来了，你注意的时候，它偏偏不来。迷糊中，我放下书本，轻锁眉头，终于睡着了，就像我所愿望。我愿望多睡一会，最好一觉到黄昏。可惜不一会，就醒了，背上汗涔涔的，有些闷，头比先前更痛了。看看时间，才一点多，我洗了把脸，吞下四粒感冒灵片，再次回到客厅，拿起《诗的艺术》，坐在吊椅里，轻轻晃荡着……天忽然间暗下来，大风刮起，玻璃门咚咚咚咚直打架。我起身关好门窗，粗大的雨点骤然降落，木屋顶上传来隆重的声响，阶檐全部飘湿了。我打开台灯，在电脑前就坐，靠在靠枕里，头却炽烈地痛起来，一下一下，针扎一样。闭上眼睛，突然就有一种悲凉席卷开来——某一天，我定会这样死去，悄无声息，又异常清晰地……这样想着，眼泪不觉间滑出，直直的两行，静静地，在脸颊上慢爬，我分明感觉到了它的份量。死去的那一刻，也是这样的吧？

　　该死的头痛，该死的天气，还有这该死的悲凉，总是能够那么轻易那么迅速地捕获我，面对它们，除了束手就擒，做个彻头彻尾的俘虏，我还能为自己做点什么？我根本不想再做什么。或许，还要感谢上帝赐予我如此丰富的生活，爱与痛，黑与白，生与死，幸与不幸……唯有等到我一字一句写下这些，这平凡的一天，这永不回头的一天，才是我的一天。

　　坚强或是脆弱，只在翻手的一瞬，正如硬币的两面，正如今天，情绪极了的我。

把要求留给自己

 下象棋是荡子有事无事最投入的节目之一。诚然，他的有事，无非是会会朋友，出去吃个饭，聊聊天，抑或在家里招待朋友；无事才是他的常态。有的时候，荡子一天可以花上十几个小时，扑在电脑上，一盘接着一盘地下棋，几乎到了无人叫他绝不停止的地步，甚至叫他也无济于事。之所以说是"有的时候"，他的下棋又是一阵一阵的，正如某段时间天天抱起书法字典、某段时间天天手握彩笔推算特码、某段时间一集接一集地看无聊透顶的谍战剧一样，表面上看，惯性使然，只要上路就难以罢手；深层次看，原因恐怕就复杂了，人的惰性是致命的。一旦自由成为一个人随时的权且的理想，那么一切都不难理解，所有加在头顶的冠冕都没有意义。如果人可以不吃不喝不拉不睡，荡子的棋怕是可以一天 24 小时不间断。荡子是个慢性子，走路、打牌、炒菜、写字、钉钉子，做什么都慢，而且慢得有条不紊。然而下棋途中遭遇上厕所，他那动作可是一溜烟，罕见的神速。整个下棋过程中，荡子全神贯注，抽烟完全沦为一种机械的辅助（就算换一根木头，他恐怕也会往嘴里照送不误），有时一根烟放在烟灰盅里，烧掉一大半，他才想起来抽一口。给他递杯茶过去，命他喝一口，他也就乖乖地喝一口。倒不是他真想喝，只是怕我啰唆，省得与我费口舌而分神。这样也就罢了，最最不可理喻的是，眼看要吃饭了，他答应得好好的，下完这盘收手，可是半小时过去，他老先生还下得有滋有味，时不时由于错走一步，来一句"日他的妈妈"（半夜三更也如此）。对此，我的对策（将"对策"二字用在荡子身上，实在抱歉）依据心情分为两种，大部分时候，他下他的，我做我的事，任其下到天黑下到天光；偶尔碰上我郁闷的当口，并且在我一再提醒失效的前提下，我会叫嚣，严重的时候，战争一触即发。

那天，外甥女思思和右右都在，吃午饭了，他说下完一盘就来。等到我们饭都吃完了，问他怎么回事。他倒好，扔下一句，"不吃了。"我二话未说，甩手将菜碗猛地砸向地板，结果可以想像，碗碎了，菜和油洒了一地。小右右吓坏了，望望我，又望望荡子，大气不敢出。思思赶紧找来扫帚，帮着收拾狼藉的厨房。最近的一次，皮皮正做饭，荡子说下最后一盘了，可一盘完了，见皮皮还在炒菜，准备再按"开始"，我眼疾手快，伸手将他的游戏页面关了（一盘下个三四十分钟是常事）。这下可闯了大祸，他起身拿起毛笔，边写字边怨声载道，嫌我管得太宽。我不甘示弱，翻出旧账来，用事实顶他。一来二去，嘴巴仗升至肢体仗。坤坤在中间，拦着他，谁知皮皮火上浇油，说了句"你下棋也确实太多了"，他更不乐意了，翻倍地回击起来，连着皮皮一起。我气不打一处来，杯子茶壶烟灰罐，接二连三向他砸去。战争达到高潮，之后自然是抛物线的后半段，急转直下。结果，烟灰罐（厅装茶叶罐）里的烟灰因为掺了水，撞上墙壁，立刻变成一块块黑不溜秋的大大小小的斑点，小半面墙全花了。事后，趁斑点未干，我找来抹布，一处一处地擦，哪知越擦越面积越大，可不擦又不行，那些黑色的斑点，像汽车快速碾过某片煤渣地飙起来黑水，粘在墙上，自然倒是自然，可颜色太深了，反差一大，更引人注目，难免朋友们见了问这问那，到时可有得解释了。擦后的唯一变化是，颜色变淡了，可惜那些污点反而不自然了。亏荡子想得出，拣起几支鲜艳的蜡笔，红的蓝的黄的，站在沙发上，一通乱涂乱画。于是，一副彩色抽象派线条画出现了，似人，又不似人，随便想像成什么好了。

九十九的风平浪静，却不能抹杀一的大动干戈。和谐与对抗客观存在，既不能混淆，也不能互抵。好在我从来不去记忆那些斗争的现场，也不去追究谁对谁错，荡子则更加不会。很快（绝不隔夜），我们跟没事人一样，守着各自的电脑，安居乐业起来。只是此后的一两天，我思绪绵绵，感触绵绵。当自由成为压倒一切的大事的时候，任何人任何名义的关心都将是干涉和打扰。这人性的普遍真理，常常需要我反复提醒自己，即便爱人，也一样，他就是他，他只是他，他只能是他，他必须是你的一个朋友。这样想来，我便能轻易地获得宽阔的理解——既理解一颗下到天亮的棋，也理解一个砸向地板的碗，理解那把藏身口袋的匕首，理解一个微妙的眼神，理解一次无望的等待……理解顽固和狂妄，理解钩心斗角和你死我活，理解孤独和忧伤，理解人类的一切思想和行为。所有的存在、发生、发展，都有着它独特的气象和土壤，有着它内在的一步一环的逻辑，有着它的合理性和必然性。若是每个人多点耐心，不把自己的欲望强加给另外的人，等待灵魂自我意识自我觉悟的那一天；或者不妨独自离开，好好静思，或许会有意想不到的收获。这个世界上，没有一条道路是必须走的，也没有什么非此即彼。接受那些不完美，一定比纠缠和纠结更好。再不，把它当作一次体验。把对别人的要求收回来，把要求留给自己，好好地做好自己，才是真理。

这一切，作为自己做人的根本，与荡子无关。

　　当然，更多的时候，我会洗着碗，对边下棋边哼着小曲的荡子抛去一句："请求换一首好吗？考虑一下听众的感受好不好！"他便即刻换上一曲。同样，这一曲也不知哪来的，永远重复着那么两三句。或者，我光着脚在客厅漫跑，边跑边问下棋的他："今朝冇得哪个请你吃饭吧。"他悠悠一笑，"嗯，冇得。"我便笑他，"好冇得面子哦。"

有体验，就有意外

中午正炒菜，手机响了，显示一个陌生的座机号。接通之后，对方叫出我的名字，且问我忙不忙。我答曰不忙，却辨不出对方是谁，于是问哪位。对方竟然让我猜——这是我私下最讨厌也认为最无聊的游戏，然而斗胆让我猜之人，必是熟识之人，有着某种值得让我猜的资本。有一点可以肯定，我和此人久未谋面，生疏了，否则我不会听不出音。我装模作样地沉默了几秒，实在不想漫无边际地瞎蒙（一个名字一个名字地瞎蒙，更是尴尬，好比愣生生地拿把刀子将自己逼到墙角），便半玩笑半赌气地直接逼问，好在对方痛快地报上名来。原来是几年不见的 L 同学。这时突然来电，我的第一反应，此人一准到了荔城或者附近什么地方，我关掉炉火，脑海里随即列队起荔城五花八门的餐厅来，好尽地主之谊。一问，才知他人在广州，打电话来是想组织一次同学聚会，时间定在晚上，地点还没落实，广州、东莞、新塘都有可能。既然我已言不忙，便没有理由推辞。他像是看穿了我的心思，忙不迭地叫我放心，有人负责接送。话到这个份上，我别无选择，只能好好待着等通知。

整整一个下午，我客厅转转，露台转转，坐卧不安，心神不宁——想到晚上的聚会，有种说不清的茫然，甚至有几分抵触和排斥。荡子说，去吧，多接触接触外面，就当体验一回，积累点素材不是蛮好的。道理是没错，可我实在提不起兴趣，归根结底，缘于自身的性情，我总是渴望那种自我愿望的相对纯粹相对深入的生活。说到约会，我更倾向于两个人的约会，那样可以互相渗透，打开彼此。凡是三个人以上的聚会，我都嫌它闹腾，嫌它形式（特别好的朋友，另当别论）。至于其他原因，似乎都是这个主因下的衍生——这帮老同学，我只同了短暂的一年学，此后十多年没有任何交集。来广东的这批同学，还是五六年前聚过一次（不知怎么有人弄到我的号码），其中没有一个称得上比较熟，读书时就没怎么说过话，仿佛只是名字听起来有印象，甚至名字和人都对不上。那次聚会，我还清楚地记得，2005 年，在广州。我打的穿过半个广州城才找到那家偏僻的小饭馆，据说是某同学的亲戚开的，一大帮同学，闹哄哄的，三四张桌子拼在一起，虽然笑声连连，感慨良多，去之前多少也抱着再聚首的小期待，然而一切似乎都是浮面的——从饭馆转战宾馆，你一言他一语，大面积，大罗列，这老师那同学，此城市彼城市，忙生计忙家庭，点卯一样，谁也来不及停顿，谁也来不及真正关心谁，仿佛一场同学打听会。到了打听的尽头，热情渐消，有人提议打麻将（提议者是混得好的），另外的人都不响应。这个提议显然不合时宜。多年不见的同学见面，哪适合这个。准确地说，毕业之后这空白的许多年，谁也拿不准另外的同学身上发生了怎样的山乡巨变，金钱、地位、性情，都在彼此的考量之列，万一在同学面前露了怯，毕竟不大好，人活一张脸，树活一张皮。读书时代的那点了解着实可怜，年纪轻轻，未来都悬着，做的事说的话哪里作得了数。社会这个大染缸，十多年的浸泡，多牛叉啊。终于有同学提出有事先走一步，其余同学似乎早等着这一刻，陆续响应着，轰轰烈烈的大部队就此撤退。就这样，来也匆匆去也匆匆。之后这几年，各归各路，再无往来。聚会自然沦为一种应付或者说消遣，回想起来，犹如一场极不真实的旅行，发生了，和没发生没什么两样。到今天，一转眼6年过去，怕的是，见了面仍然端着拿着，唯唯诺诺，一哄而散。

下午四点多，电话还是不顾我的意志，坚定地响了，聚会定在东莞。我脱口而出，"晚上回来的吧？"得到"当然回来"的回答，我安心地洗了个澡，等同学来楼下接。

意外的是，此次聚会，同学们都随和了许多，纷纷敞开胸怀，少了遮掩，尤其几杯洋酒下肚，翻掉两个之后，那些不为人知的同学间的 Love Story，不请自来。作为此次聚会唯一的女同学，我成了他们忠实的听众。不知是人少的缘故，还是同学们都老了，此情不吐，更待何时。

时间会将一切达成

　　每每清早买菜回来，与楼下的一对小夫妻擦肩而过。他们下楼，我上楼；或者我沿小市场的马路返回，他们去马路边取车。小夫妻一身制服：女的白衬衣深蓝裤子，黑皮鞋，偶尔深蓝西装搭在左手臂，右手则拎着一个黑亮的小手包；男的深蓝西装加领带，同样是白衬衣，黑皮鞋，手头勾着一串钥匙。两人走得匆忙，男的在前，像个天生的急性子；女的落后一两步，半走半跑着，高跟鞋发出节奏的脆响。给人的感觉，好似迟不迟到完全取决于这下楼至取车的三两分钟。从外表看，两人均二十多岁，中等个头，身材瘦削，颧骨略高，男的比女的白，女的皮肤偏暗，短发，偶尔有一绺来不及平复，高高地偃起，想必起床后经历一番打仗，紧赶慢赶着，早餐大概是省了的，这点从他们不曾浸润的嘴唇可以得出。两人边走边叽哩呱啦，多半是女的问男的，譬如窗户关好没有门锁好没有之类。不凭口音，光凭外表，也能看出小夫妻是典型的广东人。与众多上班族一样，生活正按着既有的作息循序渐进。

　　我们这幢楼，广东人居多。邻里之间，原也形同陌路，因为有热心人挨家上门，提议装电梯的事，业主们聚起来开过一两次会，情形便有所改变。第一次开会，在热心人家里，与会者不到一半，小夫妻没有来。会上，广东话唱绝对主角，我半懂不懂，且坐着听着，会到半途就溜了——他们语速一快，我就成了木偶；再说，大伙为着同一目标，他们的意志完全代表我们的意志。即便没有电梯会议，每逢节气，好几家的大门口香烟缭绕，偶尔大张旗鼓，供上一桌子鸡鸭水果，女主人半蹲着，眯缝着眼睛，一张张黄纸往燃着的红桶里扔，烟雾和香气弥漫整个楼道。便是平日，那些门口也坐着一个小香炉，里面插着数十根烧完了的香柱。这自然是南粤的风俗，外省人门前大多一片空旷，没这个讲究。只是小夫妻门前，并无此番景致。第二次开会，在一楼大门口，定好的晚上八点，结果时间到了，就两三家的代表到堂。等到八点半，到场的仍不到一半，小夫妻正是这时下来的。两人肩并肩，一级一级，慢悠悠地下楼，同样是边走边嘀咕，像是永远有说不完的话。来了也不与大家招呼，就着公告栏那块墙站着，离大伙远远地。等到七嘴八舌讨论开了，他俩也不参与进来，仍旧自顾自地轻声说笑，笑起来颇为矜持亦颇为节俭，仿似与开会不相干的一对。这次会议之后，邻里之间有些熟了，出门遇见，开始相互点头、微笑、礼节性的问候。不过小夫妻二人，我再次遇见，与往常并无两样，各走各路。

最近的一次，关于小夫妻的，不是遇见——那天我和荡子下楼，经过小夫妻门前，荡子想起什么，说前几天深夜回来，正赶上小夫妻大吵。可能因为男的回来太晚，女的不给开门，男的便朝门上猛砸。我下意识地瞟了一眼铁将军（外面的防盗门），果然，伤痕累累——下面的整块玻璃已支离破碎，中间爆开碗口大的一个洞，裂开的数十条玻璃尖刀一样，直指洞口。尖刀们互相支撑着，将掉未掉，恐怕一点点外力，就会全线崩溃。

每一扇门后面，定然有着各自的幸福和忧伤。它们不为人知，其实也不必为人知——既然幸福是相似的，那么忧伤也是相似的。不同的是，这之后每次经过铁将军，我免不了对它望上一望。

　　一个多月过去了，我很少遇见小夫妻，铁将军也没有修复。看来，是我错了，尖刀样的玻璃与玻璃之间有着良好的支撑，每天的开门关门并没有导致它们崩溃。甚至可以说，这种支撑，犹如一个个势均力敌的拳头，相互钳制，又相互配合，在僵持中保持一种恰到好处的平衡。这样看来，破碎的铁将军不必急着修复，反而，对抗和宣泄是必要的，在相持的过程中，与之适应的解决之道会渐渐水落石出。没有无缘无故的存在，也没有一帆风顺的彻悟，既然存在了就必须面对，任何拔苗助长和斩草除根都无异于急功近利。自然会有那么一天，断裂的玻璃会掉落地面，碎成最碎的模样，抑或，被它的主人换下，重新浑然天成。我想那一天，不管结果怎样，都是完美的——坚持和妥协，有时候具备同样的美德。不必替破碎的铁将军担心，也不用替它的主人担心，时间会将一切达成，谁叫世界生来就寒来暑往，那么唇齿相依，又环环相扣！

2011/11/24

直觉的味道

　　听说长春要来，我早早地去兴发市场买菜，准备晚餐在家里招待。长春是荡子的两度同学，虽常年在广州，离得近，却难得来一次。电话里荡子跟长春说好，别出去了，就在家里吃——长春有个特点，无论什么场合，凡他在场，一切得由他张罗，必须的。午饭过后，我将晚饭要做的菜从冰箱取出，一一摆在灶台上。荡子说，"今天我来做。"我且听着，并未在意。老同学来了，荡子的主要任务无疑是聊天。平日家里来客，荡子极少帮手，客厅、后院、阳台，四处谈着、笑着，倒似半个客人，等到我这边喊开饭，他一路招呼客人就座，自己则端坐餐桌边长沙发的中间位置，看着这个倒酒那个盛饭。

　　长春只带了一个朋友来，荡子叫上了乐琼和德宏，统共才六个人吃饭，没什么忙活的。大家聊了会，我折进厨房，绾起袖子，开始洗菜切菜。荡子回过头，对我抛下一句，"准备好了放那里，我来做。"看来他真的要披挂上阵，亲自露一手。这一刻，不知怎么，我忽然心生一种担心，他做的菜会好吃吗？一时间，这担心异常真切，像一个既成的事实，丁是丁卯是卯，摆在面前，我无端地却又明白无误地否定起他的做菜水平来，进而一种莫名的预感油然

84

而来——荡子今天做菜肯定不行。

　　按理说，我不该对此有所怀疑，那些不了解荡子的人想当然地这么一猜一说倒可理解。的确，荡子下厨的日子越来越少，但他的厨艺我心里有数，很多朋友也领教过。有时候几个毫不起眼的土豆，既不掺一片肉，也不费什么油，他却能捣鼓出意想不到的美味来。要说他做菜的秘诀，我私下总结过，四个字：耐心＋创新。说出来可能会不以为然，可仔了细想，它确是放之四海而皆准。我无数次试验过，只要遵循这四个字，做出来的菜，对付各式各样的胃，保准百发百中；与那些急于求成和按部就班做出来的菜相比，其间的差别不言而喻。那么，说到创新，不是每个人每天都能做到，倒是耐心这玩意，是不变应万变之真理，也是成就一切之根本。荡子生来是个抓本质的人，如此做菜，只不过将他一贯的思想方针落实到做菜这个具体事件上而已，不足为怪。然而今天，我心中陡然这一出放心不下，究其原因，又难以说出个所以然，仅仅一种直觉而已。尽管直觉这东西常常不那么靠谱，有自己吓唬自己的嫌疑，但我还是愿意信它一次。要说直觉，也是一定的经验和积累的导致，有着其内部的说不清道不明的逻辑。

　　要说我这几年的变化，最显明也最外在的，便是做菜，我变得比过去自信了。这自信既来自他人的不时夸奖，更来自自身——面对满桌子口味不一的嘴巴，我不仅不再畏缩，反而越来越有信心。依荡子的方法，从切菜到出锅，我始终保持高度的耐心，这是其一。再则，无论做什么菜，不去用固有的模式框定它，勇于尝试，善于吸取。另外，少用乱七八糟的配料，多用文火，这样的好处，既简单易行（符合我们这种懒人），省心省力，又趋近原汁原味。话说回来，作为客人的嘴巴并不刁钻——既为客人，登门吃饭的次数是有限的，自然怀抱着包容；事实上，每家每户做菜的手法不同，吃惯了自家同一个厨子做的，偶上别家撮一顿，感觉自然新鲜。这两个"自然"加在一起，意即，关于做菜，我既客观又冷静，他人的褒奖并不会多大程度地影响我做菜的热情，力求完美更在于自身追求进步的要求和需要。如此看来，我的变化是一次质变，一次飞跃。推而广之，我的这一变化并不静止于做菜上，它已不知不觉地浸入我的方方面面，以致带给我由表及里的精神改观。

　　有幸的是，今天荡子做的这盘爆炒牛肉丝，色相和口味均不理想。也不知是否因了我的先知和感应，荡子非要客气地予以配合。长春连连说，"好吃，好吃，比外面的好吃多了。"我狡黠一笑。荡子小声说，"嗯，冇发挥正常水平。"用的是益阳话，估计长春没听懂。我心想，"下次吧，下次好好发挥。"哈哈，等到下次，他的菜大概不会像今天一样倒霉，鬼使神差似的，撞上我如此低落而精准的直觉。

2012/01/07

新年终于还是来了

  新年终于还是来了。当跨年的钟声敲响，城市焰火飞流，寂静的夜空照得通亮。月亮躲在大地之外，没有出来，大约也少有人留意它的皎洁甚至存在。随着新年而来的，将是举国同庆的春节，人们收敛所有的烦恼和痛楚，沉浸在一致的欢乐海洋。而这欢乐，从阳历的年尾至除夕后的正月十五，历时一个月多，预备与挥霍，弥久不散，既不能缩略，也无法不面对，反倒只能身陷其中，做个被动的适应者，乐观一点，做个积极的配合者——毕竟，如此之境况，完全由不得已。虽说一个人可以蔽塞视听，坐井观天，那不过是理论上的作为。但凡与炎黄子孙沾亲带故者，不论身处何处，也不论是否离群索居，都会或浓或淡地心系这隆重的年事，何况我等土生土长的内地人。因为过年，平素的生活断了，惯性的思维乱了，看上去还如此的合情合理。这其中，既夹杂着一丝小盼望，更夹杂着些些小憎恼。过一个年，动静实在是太大了，山穷水尽似地，大张旗鼓地，聚集所有的气力，硬是将喜乐鸿福结算在阔大的团圆里。等待，或许是唯一的指望。

  今年的元旦和除夕相隔三星期，比往年近了十多天，对我而言，算得上好消息，早早地来意味着早早地走，早打发总比迟打发好。

当然，这一切不过心理上的、微微的纠结，也是极自我的。母亲要来，这是事实上的，不可更改，也不容更改——自父亲走后，与母亲一起过年成为我内心的一种需要。父亲一走，成捆的筷子突然间散了，团年饭再也不可能鱼糕鱼丸子酥肉扣肉样样全了，甚至春联都可贴可不贴了，鞭炮也可放可不放了，仪式和程序上的动作，无意间朝着删繁就简的方向，能免则免，传统离我们越来越远（在异乡的广东过年，更是如此）。好在母亲对此并不在意——母亲似乎什么都不大在意，我们这样或那样，她都能飞快地调整过来，母亲的轴从来都预备着，围绕我们转。我们不想回去，让母亲过来，母亲就二话不说。尽管我一再地叮嘱母亲轻装上阵，什么都不用带，母亲还是拖着杂七杂八的几大袋，独自乘火车南下。每每看到母亲拖着大大的拉车，从出口的庞大人流中风尘仆仆而来，我的心不由得噗地缩紧。可是无论如何，我连想都不敢想的是，如果我们不回去，母亲又不过来，母亲的年该怎么过。而今，我的过年是从母亲下火车开始的。这一天是一个分水岭，我的生活内容将发生看似无关紧要的变化——剖开了来，恐怕还是无关紧要，因为这一年来，任何实质性的工作我都没有做，纯粹游离于消闲与自省当中，多多少少饱含享受的成分，懊悔却是免不了的。

这些天来，我难以静下来，仿佛一心等着母亲到来。元旦前几天起，我就不断给母亲打电话，催她赶快订票——我急于知道母亲到底几号过来，好弄清楚自己目前的状态什么时候彻底打破。如今，生活且未打破，我便有了不由自主的怀念，对此时的独处倍加珍惜起来（可见我对环境是多么依赖）。其实母亲来这里，也不过过个年，看看儿女，本没有多待的意思。这里既没有相熟的水土，任她随意走走，也没有小孩可带，小牌可打。我邀母亲早些过来，母亲尚借口姐姐家没人招呼，推托十多号再说。结果是，母亲好不容易挤进洞庭车站排上队，得知高铁只能提前八天售票，母亲只好订了9号的票。我的不适自是与母亲关系不大，母亲来不来，年和热闹照样滚滚而来，走亲访友迎来送往照样川流不息。只是这盛大而持续的欢腾，仿佛生来为我所斥，一旦热闹，人漂着，心浮着，没着没落，日子就好像变得不是自己的，过了等于没过——尽管我的多数时日都在混沌中度过，或许那些平素的日子对于具体的明天，事先还不是那么清晰，靠着那一点点短暂而安静的期许，我的每一天，尽量按照自己愿望的方式过了下来。

　　无奈也罢，既来之，则安之好了。现在开始，我把一些本该自己做的，如购年货，扫除之类，有意地压了下来，等到母亲来了，和她一起劳动（母亲是个闲不住的人），也算一种顺势的好的陪伴。这样，一家人出出进进，忙忙碌碌，生活气息看起来更浓一些，过节的样子也就有了。尽管这些并非我真正的关心，可是通过它们，我和母亲得到了理应的沟通。很多时候，我并不知道和母亲交流什么。母亲那么心直口快，和我无话不说，可我并没有那么多予以回馈的，除了清晰的可以称得上事件的一五一十，如搬家、调动、摆酒、结婚、生子、辞职这些确切的发生，而这些发生，似乎向来与我无关。

2012/01/12

看不见的真相

　　自从安之秀 107 号理发师离了职，我每到头发该剪的时候，腿就不知朝哪迈。按说这不是什么问题，不就是剪个发吗，又不是什么高难度的艺术造型，照原样稍作修剪即可，估计随便找个理发师，也分不出个长短高低来。再说，那 107 也不是什么大师，一普通的理发师而已。有那么两次，107 给我剪完，我也是不大满意。理发嘛，满意不满意，将就个几天，很快又长顺了，没什么大不了的。然而，这些显而易见的道理并不能说服自己，我像是较上了劲，非等 107 回来不可。人啊，有的时候，和怪物还真是没什么区别。

　　记得上次去安之秀，服务生告诉我，107 回老家了。这样的情况我碰到过，那就过几天再来吧。服务生又说啦，他回老家生小孩去了，一时半会回不来，并极力向我推荐另外的理发师。服务生话音未落，另外的理发师走过来，冲我友好而谦虚地微笑，我便有些过意不去。服务生报完这位理发师的号码（好像是 118 号），眼角冲他轻轻一挑，诡秘一笑。"那好吧。"反正自己也难得出一次门。起初，118 保持着谨慎的热情，见机地例行公事地问候几句。我回答得简短，不想多说什么。他再问，我就有点豁出去了，"你看着办吧，爱怎么弄怎么弄。"118 得了旨意，这下可放松了，咔嚓咔嚓，飞快地捣鼓起来。有些细节，明明不大符合，我也懒得质疑，我倒想看看，新理发师到底会给我弄出个什么模样来。为不影响他，我甚至假装闭目养神起来。好家伙，三下五除二，OK。当脖子上的围布被取下时，我瞟了一眼墙上的挂钟，也就十来分钟吧，神速啊（这点倒蛮合我意）。和107相比，118在速度上少说也是一比三，至于效果，当时的感觉，还真是不错，有那么点新意思——两侧比平时理得浅也打得薄，看上去显精神，完全不一样的感觉。记得我望着镜子里的自己，情不自禁地说了声"谢谢"（对任何一个理发师，我都会道谢，只是一般在出门之前）。118随即告诉我，"107入行才两年，我入行六七年了。"言下之意，速度并不说明什么，手艺才是硬道理。此话可能没错，道理上挑不出什么毛病。只不过，此话此时此地由此口说出，似乎就有了那么一点点问题，难免有灭他人长自己之嫌。我笑了笑，未作言语。老实说，走出安之秀直到和姚姐姐一起去她家的一路上，我都是兴奋的，其中一半为着这有些新鲜的发型。及至吃完晚饭打麻将的途中，我上洗手间时，再次对镜自审，没错，人是年轻了精神了，可这发型越看越觉别扭，什么地方不对，原来，头顶上最后抹上去的那一手发乳（我特讨厌这玩意，一不留神，见118手上已沾满发乳，出于礼貌，我容许他抹了），虽然摸起来比想象中柔和许多，可它无疑是种破坏——对自然的破坏。待到回家冲完凉，吹干头发再看，额前那撮头发稀稀疏疏，长得实在有些过头，我找来折叠剪，对着镜子，鼓着眼睛，一刀一刀将长的发梢剪掉。自己给自己剪发，真是为难，明明看准了，往往就扑了空。好不容易剪完，再次打量，怎么说呢，只能说在牵强和妥协中，找到了暂时的相对的平衡。

　　打这之后，我真不知道上哪重新锁定一位理发师（得等到哪天心情大好）。最好的结果，当然是 107 过完年顺利地回来。107 是姚姐姐的大老乡，我上那剪过几次，渐渐熟了，也习惯了。107 给我剪发，我不用开口说话，静静地坐着，或者昏昏欲睡，怎样都好，他剪他的，我大可以放心。便是弄出点小状况，我也不会计较，下次继续找他。要说熟，我和他的这种熟是极其有限的，他姓什名甚我尚且不知（也没想过要知），其他就更无从知晓。记得最清的是他的编号，当然还有他的样貌，不用记也是清楚的。倒是习惯，这看不见说不清的东西，对我有着深远的作用力，经年累月，对它形成一种巨大的依赖，而且这依赖日益加剧，难以摆脱，以致不愿作另外的尝试，尽管另外的尝试易如反掌。这就是日久生情的道理，凡间的事，哪里架不住时间一点一滴渗透和侵蚀啊。

可是头发不等人，一天天长了，我不知如何是好，常常叨咕着。没想到，我无意间的发愁正中荡子下怀，他几次提出，亲自给我剪发。我当作玩笑，一个哈哈打过去了。眼看春节要到了，剪发的事不想再拖。当我一天天挨着，荡子又一次主动请缨，还正儿八经地。我转而一想，我每次给荡子理发（用的是傻瓜式理发器，依葫芦画瓢，理平头或光头），他总是这要求那要求，头头是道，也好，让他体验一把，明白理发这活并非想当然，心里想怎么理手就跟得上的。更主要，荡子多次毛遂自荐，一说到给我理发（也没别的什么人让他理呀）便热情高涨，自信满满，似乎我不给他理，就是我对他的不信任，简直要上升到形而上了，看来我只有牺牲一次，成全他好了，大不了再去找理发师加工改造。就这样，在荡子的蛊惑下，我围上浴巾，坐在洗手间的矮凳上，任他激情飞扬地试验。当他推上理发器开关，电动声嗞嗞响起，我紧急声明（我对他实在没底，为了不被他试验到无以挽回的地步，我必须声明）："只准修剪两侧和后面，其余地方先别动，咱们有的是时间，一步一步慢慢来。"惜乎世界上的万事万物总是随时发展随时变化，根本不以我的意志作遵循。眼见我心爱的黑发大坨大坨地掉落地板、便池，我再次大肆提醒，"少剪点，少剪点，留余地，留余地。"荡子可好，义无反顾，按照既定的思路，大步流星，一往无前。很快，麻烦出现了，左右两侧怎么也对不了称，于是这边修一下，那边平复一下，那边再修一下，这边再平复一下，如此往返，两边越修越短。更悲催的是，情急之下，我脑袋一转，整个右侧的头发被他一铲而光。呜呼，3分钟不到，彻底砸锅，唯一的出路只能是光头。我对着镜子，大呼小叫，极度夸张地，作万般痛苦状。

我一直怀疑，这次事故有着故意和预谋的成分，至少，荡子的底线是，来一次光头也没什么不好。还有，自从我被迫光头后，他时不时过来，朝我头上全方位地摸一把，说，蛮不错的，以后就剃光头好了。而我，对光头这东西没有任何心理准备，好在对于世事的无常与流转，我有着足够的心理准备，我并不惊慌，所谓的气恼是短暂的，又是娇嗔的。我不觉得光头好，也并非绝对排斥，只是每每对镜，觉着不伦不类。事已至此，体验一把光头的滋味，也算一次不可多得的体验。好在头发跟力气一样，没了还会再来。

光头事件带给我的直接影响是，一段时间之内，我离不开帽子了，尤其出门。好在现在是冬天，夏天的话就傻眼了。有熟人问起，我会告之原委；不熟之人，问我热不热，我就说，还好。解释说明一旦重复得多了，自己都觉得无聊。人到中年，外表和形象上的先锋，并非我所追求。这是旁人所不知道的。此事再次证明一个道理：我们亲眼见证的，并非全是真相。无端的猜测无异于庸人自扰，保持一个健康的心态，才能抵达真正的健康。

2012/02/07

为一个橙子停下来

正月十六，星期二。

这一天是从起床之后开始的。起床已是九点，露台里阳光普照，之前预报的大幅降温尚无迹象，倒是昨夜的骤雨，为新的一天增添了几分难得的清新。可惜风有些过，花草和秧苗雄劲地摇曳着，若根基不牢，怕是要就此飞了去。想像这样的风中，广场上那一排排红旗，猎猎飘扬，自由而动人。走进透亮的木屋，风隔在了外面，马路上的车声顿时远去；涡轮沙发上铺就的蓝条毛巾，几处深深浅浅的皱褶，人情味十足；顺手的圆凳上，有节烟头歇息于玻璃烟盅，一心候着它的主人。屋里屋外，举目所见，那么静好，蓬勃，我突然意识，这才是春天，真的春天，属于个人的春天。前两天他们所说的立春，只不过科学意义上的农稼节气，日历上两个冰冷的汉字，不上算的。

这确是新的一天，新的一年——元宵节一过，亲朋离去，涣散的身心终于可以落座，日子回到它本来的面目。

这样的一天，我像是盼了许久，默默地，有意无意地。现在，它姗姗到来，由自己掌握。然而此时，那么多事密密地揣着，读书、思考、写作、看电影、搜歌、淘宝……我并不着急——一旦上路，我不希望折回，也不希望半途而止；接下来还有一整年的光阴，无数个沉静的昼夜；慢慢地、从容地体验这一刻，似乎比什么都要紧。

透过窗棂的最高处，不远处的楼群只能看到其中的一截，这木屋还真是有些矮，一伸手一踮脚就能触及屋顶……待我转身，仰卧宽大的沙发，舒展四肢，金色的阳光肆意泼洒，令人神清气爽，豁然开朗。这感受是切实的，既包含对现时的紧紧拥有，又囊括对未来的殷殷期望。再看墙角，久未打理的兰草绿意盎然，什么时候发出了新枝，一枝，两枝……我已然忘了屋顶的矮，以及曾一度雄心壮志，想要对它作些有益的改造，而今显然不必了，这里的一草一木，不知不觉间，已与我相生相连。

藤书架的中间，有个 Sunkist，大概是母亲忘在那里。不大不小的一团淡黄，暖暖的，越盯着它，越觉得和美，进而整个空间在它的映衬下，鲜亮了不少。Sunkist 是坤坤送来的，色泽颇正，看上去斯斯文文，大小一致，想必经由商家精心挑选过。不像本地橙子，两头嫌尖，颜色偏红，皮也厚。坤坤总是买些昂贵的水果，去年是一盒醉红的樱桃，我们半吃半扔地解决了。看到 Sunkist 雅致的包装盒，母亲有些舍不得动它，还是在我的催促下，才打开，尝了一个，果然不如本地橙子甜，恐怕又要束之高阁了。母亲担心的是，她一走，Sunkist 从此无人理睬，最终跟那些面包糯米粉一样，遭遇丢弃。我们转战木屋玩扑克的时候，母亲便取些 Sunkist 来，一瓣瓣剥好，用碟子盛上，插上牙签，放在近旁。娱乐之暇，我们顺手戳起一瓣。玩牌时的胃是不计较的，有一搭无一搭，稀里糊涂就扔进嘴里，总比浪费的好。母亲的担心没有错，可是谁也不会料想，遗落书架上的 Sunkist，且能充当一种极佳的摆设，这不经意的点缀，比循规蹈矩地集合在果篮里来得美。这小小的发现，一时间，幽幽地浸润着我……顺着视线，Sunkist 的一侧，有张椭圆形的小标签，这无疑是个破坏——我以为，当锦上添花不能被我们创造时，或许简单和纯粹更能抵达美。我拿起 Sunkist，撕下印着条形码的贴纸，继而手一松，光净的 Sunkist 滚至书架的档头，之后无声地弹了回来，在靠近《菲雅尔塔的春天》的位置，缓缓停住。

差不多一个月了，我的思绪没有在某个物事上细细停留，更不要说为一个司空见惯的橙子。每天；我像一个陀螺，旋转于超市与餐桌，亲戚与朋友，增城与佛山……即便稍稍得闲，也会找麻将或扑克来占满——对我来说，在夹缝中火急火燎地停下，是不得要领，也是徒劳；唯有一大片单独的时空，才能体认日子的点滴与沉实。这种能力上的先天缺失，不得不说是一种遗憾。然而，我只能顺应这个遗憾——一旦违抗，必定陷入另一种愁苦。愁苦不是我想要的，那么，乖乖地顺应好了。我也不打算为此锻炼或驯化自己——意志的考验与现世的将就，我甘愿选择后者——我相信，没有一条道路是我必须走的，也没有一条道路是我不能走的。

再次回到 Sunkist，我们通常所说的橙子。更进一步，作为一种杂交的果实，橙子完全可以部分地充当花瓶里的玫瑰或百合，摆放餐厅、客厅，或者茶几、书桌，既芳香、养眼，保存时间又长，还可食用，岂不更好。那些开放的花朵，买回来且要剪枝，用清水或营养液养着，时不时地换水，过不了几天，花朵日见枯萎，想扔又还想多放一天，凑近一闻，清水和花茎发出一股子腐臭，总算帮我们下定决心。常常，在这扔与不扔，今天扔还是明天扔之间，我们作着徘徊与反复。这种经历，大部分人都有过。

哥哥也不例外——每当母亲拿个橙子，去厨房找水果刀，哥哥就会说，切一下就行了。是的，一刀下去，橙子成了两半，再一刀下去，橙子成了四半，这样切起来方便得多。可母亲并不像平时那样采纳哥哥的意见，自顾自地一小块一小块地削皮，而后一点一点地将里层的白皮剥净，轻轻地一瓣一瓣掰开，生怕伤及内里，以致汁液流出来。母亲的用心为的是，我们吃起来方便，既不会弄脏手，就用不着起身。轮到下次，母亲准备削橙子，哥哥还是会说，切一下就行了。母亲仍然坚持小心翼翼地一刀一刀削。在此过程中，我不言语，只是想着，为什么明知母亲不听，哥哥还要一次次重复？大概这就是生活，就是人间烟火。

不管怎样，值得庆幸的是，今天，我又可以为一个橙子停下来，未来又可以重新期待，一切又回到欣然的样子，足够我接纳，足够我承担。我想，从今天起，会有更多普通的事物纷纷前来，一杯绿茶、一张笑脸、一段文字、一个梦境、一次心痛……这一切，我都不会错过，我愿意为它们静静地尽情地停下。

2012/02/28

喜欢它，成为它

　　去年年底就开了头的小说《下次去顺德》，现在怎么也写不下去。难道是指望还没断，心还不够静，非要来它个决绝的、离群索居不成？这样的说法显然是惯性的开脱，近段时间，屋里只剩下自己，可谓前所未有的清静，哪怕一口针的掉落，我也能听见。真正的原因，我心里有数，不在别处，在主观上，在自身能力不够，导致小说刚起头，我就嗅到了它的平庸，写下去的热情断然丧失。缺乏热情和享受的硬写，结果可想而知，这也是自己不允许的。这次提笔之前，我早就想好，对自己的要求仅仅是，坚持写，毋需管写得如何，写成怎样，就算一年半载后付之一炬——我对自己的懒有着十二分的了解，它是硬伤，是顽症，只能在不伤筋动骨的前提下，慢慢疗；加之思想上，我葆有一种观念：耽于某事某物，成了瘾，同样是一种病，通透的日常生活仍然是人生的主打。况且，那个叫做上帝的造物主也没有要求谁流芳千古，恰恰是我们自己（若是怡情自乐也就罢了），为着所谓的成就，自以为是地拼出老命，将自己投入熊熊烈火，弄得上气不接下气，誓死做那行僧中最苦的一个，这又何必！然而今天，我发现这底线式的自我要求，是对不可救药的自己的权宜之举，求爹爹告奶奶似的，等于自己给自己作捱下跪，等于自己就是流水线上的那个机器人，一个萝卜一个坑，眼睛一睁一闭也能填空。事实上，笔尖流淌的每一个汉字，是有血肉有魂灵的，最起码，它须获得此时此刻的自我认同。基于此，我只能暂时放下，好生捋一捋。

我以为，好小说有很多种，其中之一种是，无需过多的构思与技巧，也无需深刻的思想与新的发现，靠的是故事本身的来龙去脉的娓娓呈现。譬如刘震云的短篇《塔铺》。读它的时候，你会觉得，作者在向你讲述某人某时在某地一段真实生活，亲切而朴实，你丝毫觉察不出"做"小说的痕迹，故事完了，你合上书页，定在沙发里，姿势都懒得改变，然而整个身心在沉浸，在升温。事隔多年，你还记得那个复习班、半碗肉菜、鲜活的凄苦、朦胧而美好的爱情，只因什么东西触动了你麻木已久的神经，令你难以平静……《塔铺》的好不依赖人为的制造和设计，或者说，它的制造和设计紧紧遵循自然和人性的逻辑与法则，以求不事雕琢的邻家的效果。只要人类还存在普遍的共通的情感，即能达到共振与共鸣。小说与读者之间，维系的就是这根情感的纽带，它不断牵动着你，近一点，再近一点。这种小说的好，可能不是小说中的最好，不能用"高、大、强"进行全面表彰，类似的词语，也与它不大匹配。它是近旁的一朵雏菊，默默地，却又干脆利落地，不卑不亢地，散发着幽香。它的好是一种基本的好，一种朴素的好。而一篇小说要称得上好小说，必须达到这个基本。相形之下，那些通过精心制造和设计，依凭悬疑、埋伏、跌宕情节、特殊背景、极端环境，以及唯创新而创新的小说，是取巧，是喧哗，是用心良苦，说重一点，是猥琐，好比拳头出错了地方。《塔铺》是你尝遍山珍海味琼浆玉液之后，还要来一碟青菜一碗米饭。《塔铺》是最后的米饭和青菜，万变不离其宗的"宗"。

我要写的《下次去顺德》，我希望成为这一种。问题是，如何成为这一种。首先，我能保证的，在文字上，做到诚恳、老实、耐心。这亦是为人为文之本。要创作优秀的作品，这样的准备显然不够，更需要才华。那么，如何积累并获得才华，这个抽象而笼统的东西到底深藏何处，如何把它挖掘出来，据为己有？

从外在上，一个独具才华的人，他的习惯、偏好、性情、行为、谈吐，再进一步，他的处世、看问题的角度、解决问题的方式，以及生存的环境、经历、学识、修养、感知、思想等等皆有与众不同的一面，他的直觉如此锐利，灵感如此独特，凡人眼中的神来之笔，在他，不过是一件外衣，想披上就披上，想脱下就脱下，全是下意识的。这诸多因素综合、揉搓在一起，构成并结晶了一个人的才华。他的直觉和灵感由何而来？其特色和风格又是如何炼成？我想，还得从这些表象的背后出发，从纵深处究其原因。相处久了，你会发现，这个人时刻保持着一种活跃与热情，这种活跃与热情可能不露痕迹，你不易察觉，它却触及生活的方方面面。他习惯于对身边的发生，细致入微地观察、体会、思考，形成一种条件反射式的生活常态。这种渗入又无需着力，就像早上起来洗脸刷牙一样，再自然不过。长此以往，直觉和灵感会在他的田野里生根发芽，才华会不知不觉流入其作品。我们说，一篇小说为什么写成这样，而不是那样，这其中凝聚着作者的认识与审美。作者所以选择其作品以此副面貌示众，它必定是依作者当时的认识与审美所能到达的至佳。而这些往往是读者看不见的，容易被读者疏忽的。因此，我们阅读一个作品，学习它的好，不是模仿它的选材、结构、遣词造句等等看得见的形式的东西，而是通过对范本的反复研读，读出对作品的自我认识，它好到底好在哪里，为什么这样写就好，那样写就不及这样写好，在比较中不断追问，在追问中寻求答案。最好，还能读出作品的不足和欠缺来。只有当我们读懂了作品背后的这些无形的东西，一步一步建立起属于自己的认识与审美，学习才是有效的。而单独的一部作品所呈现出来的才华，可能是小的，作者的能力理当大于作品所呈现，只有这样，作品才可能得到有力的支撑。因此，在学习中思考是创作者永恒的主题，而且，学习且是全方位的——小说气象万千，无所不包，任何一种生活都可能成为创作的材料和背景，任何一种生活都不会让我们白过，重要的是，用心体验生活中的千变万化，甚至时刻准备着，将自己打散，从头开始，颠覆固有的条条框框，开拓更广阔的视野。这里面，似乎没有捷径可走，有的只是，甘于寂寞——若是这样的过程中充满快乐，寂寞也就不存在了。

我们常常说，也常常听人说，对自己的作品不满意。这原本自谦的话，并非自谦。那些榜样和经典的好，随着我们的认识一天天提高，昨天如此迷恋的，今天可能不那么迷恋了，今天觉得无可挑剔的，明天可能就开始挑三拣四。心中的榜样和经典是流动的，他们的好也是流动的，并非一成不变。同样，我们对自己作品的认识，也是流动的，除非你是个孤芳自赏或自欺欺人的家伙。正如有的人一辈子爱一个人，爱得自始至终，爱得死去活来，客观地说，这与高尚无关，更与忠贞无关。所谓的高尚与忠贞，是人为的。所谓的道德，也是人为的，又是相对的。这爱里，包含了牺牲、依赖，甚至惰性，绝非全部的爱，爱也是流动的。正是这流动，这永难企及的完美与极致，太阳一样，吸引着我们，我们愿意为之奋斗，只为一日日向着它，无限靠近。

但愿有那么一天，我不再认为《塔铺》像今天我认为的一样好。

可是今天，我喜欢它，那么，我告诉自己，再努努力，看看能不能实现一点什么，能不能成为它。至于今后的自己，自然是想管也管不着了。

2012/03/12

"当下的选择是最好的选择"

　　荡子要做事了，做一份文化艺术类的报纸《艺术大街》，作品与批评互呈。这是他近几年一直想做的事，理想中的事，这是前提，也是必定。我深知，在鱼龙混杂、良莠不分的丛林里，竖一杆旗帜不易，光有信心、勇气，以及体力是不够的，更需要日复一日的坚持，无论天晴下雨，要耐得住，要勤劳。勤劳，这个人类所有能力中最大的一种能力，是我们共同的敌人，也是我们最大的敌人。定期的高品质的组稿，更有，开了头就不能半途而废，这二者，一旦不能与勤奋达成一致，荡子会陷入进退维谷，会觉得累。这么多年，无论多么清贫，荡子没有正经地累过，身体上，精神上，皆是。他的思想不容许他累，当他感到累了，他会毫不犹豫地躺下，或者放弃，前途再美妙也与他无关。我始终认为，荡子是个不折不扣的闲人，闲了大半辈子，现在突然要忙起来，我担心他会上下不适。每个人的能力都是有限的，你可能拥有统领千军万马的能力，却没有能力按时准点做一顿饭。生活需要激情与热血，更需要冷静与理智。懒惰陪伴荡子度过了大半辈子，他是个典型的性情中人，一个喜悦此刻的人。我这样说，并不代表闲惯了的荡子，就没有勤奋起来的可能，只是我更愿意保留自己的怀疑。

荡子雄心壮志，我既不赞成，也不反对。而且，他一旦决定，我定当全力支持。很多年前，荡子就说过，"当下的选择是最好的选择。"有人说，荡子在为自己的懒惰找一种说辞，是诡辩。可我完全理解这句话的意思。譬如我自己，之所以选择待在家里，没有像多数人一样出去工作，原因是，那些工作不适合我，或者说，我无法胜任那些工作。尽管在他们看来，那些工作极其普通，人人都能胜任。然而在我，工作不只是在办公室里敲敲键盘，还包括责任、奉献、妥协、牺牲等等，这些隐性的东西，是他们不曾计算到的。比方说，坐在办公室里的时候，如果想出去透透气怎么办，我想出去就能出去吗？我的自由丢了，又由谁负责帮我找回。总之，我的承受能力如此有限，以致稍微的不适都会令我心慌意乱，难以招架。也就是说，我和那些工作之间还不能找到一种完好的接驳方式，二者不能达到随时随地任意转换。而在家里，我只需与简单的人事相处，这种相处我驾轻就熟，游刃有余，在此过程中，我只需扪心自问，今天是不是过得好，而无需问别人是否满意。所以说，待在家里，凭着心情，做自己喜欢的事，是我此刻最好的选择。或许某一天，我对金钱、对群体的需求大于对自由的需求，待在家里反而令我惶恐、矛盾，我对自由的需要自然会让路，一份工作也就自然会降临于我。到那时，我的身心又会达到另一种平衡。因此，物质也好，精神也好，主动也好，被动也好，每个人的选择为的都是自己所需，不存在对与错，高与低。

作为一个相对成熟的人，我们可以做到克制做到忍耐，保全一种既定的稳妥的生活，但克制和忍耐毕竟不是一个人最好的选择，迟早有一天，气球会因为无法克制和忍耐而爆炸。事实上，我们所要的平衡亦是相对的平衡，自由并非不顾一切，因为每个人既是自己的人，也是社会的人，自打一个人出生，就被亲情、道德、文化种种东西牵扯，从未真正孤立于世。而思想永远只能是服务于人，否则，一个人的思想不能在自己身上得到应用，我们追求它还有什么必要。

我们抱守怎样的思想，就抱守怎样的态度和方法。当下的选择既是一个人最好的选择，我就没有理由再去强调自己的意见，"船到桥头自然直"，也没有什么好忧虑的。把今天的经历累加起来，就是明天的生活，人总是由今天构成，今天引领和指导着明天。当然，我赞成或者反对，一条一条地表达出来，也并不妨碍什么，它的意义，跟南方台的《马后炮》一样，存在一定代表了一种意义，这意义在每个人心里都可以掂量的。好在如今，这一切都不会成为我的烦恼，我们每天学习、修炼，为的就是用思想武装自己，战胜那些愚不可及的烦恼。而做好自己的本分，于人于己，当是最好的慰藉——这个世界上，能够慰藉我们的，已经不多了。

2012/03/16

老唐的文字

老唐从老家华容过来，过来给荡子他们即将出版的《艺术大街》帮忙，昨天到的。老唐不老，五十出头，处于退休状态却已好些年，领着一份不咸不淡的工资，晃荡着，也没找点正经的事做。这里面，理当有一份小小的清高，属于他个人的，在坚持。坚持是一种精神，有了精神，便值得尊敬。荡子找到他，他没怎么犹豫就答应了。老唐当然清楚，荡子和朋友们要做的事，不是什么赚钱的事——赚钱的事，向来与荡子无关。这倒不是能力问题，而是一个人的心的问题。一个一心想着赚钱的人，每天朝钱的方向使劲，定会赚到钱。愚公且能移山，不愚之公不能赚钱？荡子的心放在如何让自己更加轻松更加愉快上，劲全朝着这个方向使了，他赚到的是自然是轻松和愉快。老唐的不怎么犹豫，我想，一来冲着对荡子的信赖，二来也是冲着愉快。

愉快直接与精神相关，这与老唐吻合。朋友们关于荡子这个人，多数的联想是诗歌、文学、思想、精神这些词。这些词十分抽象，不大好把握，甚至有些望而却步，说它深，又不知深在何处、深至何处。它们不是具体的可以仿制的产品，也不是一项技术，比如开车，随便找个教练，学学总能会的，只是迟早的问题。可是形而上的东西，三言两语说不清也可能听不明，或者，说清了听明了，就是抵达不了那个核，又不知前途还有多远的路。它们像一个个揭不开的谜，你总是想褪下衣衫，试一试水深水浅。老唐大概也不例外。老唐在县里编过小报，写过文章，往来的友人中又有好些是与文字打交道的，个别还是某某作协会员，虽然谈不上什么大的影响，他们的作品也常常见诸报刊，年年也有人出书，送至他的手上。老唐每每读友人的文字，感觉上有些模糊，甚至会觉得，不过如此嘛。时不时地，老唐也会写些小东西，挂在网上。有没有人欣赏倒在其次，至少，写东西这个动作本身，代表着什么。多年来，老唐保持着与文化人的近距离接触，坚持写写自己的小文章，怎么说，也算得上半个文化人，至少与文化握着手、搭着肩。

尽管昨天都睡得很晚，老唐还是早早地起来了。听见外面水响，我也睡不着了。进厨房烧水，为老唐煮一碗馄饨，自己也捎带吃一口。荡子不喜欢湾仔码头的馄饨，我们吃，他不能看着，我给他另煎了两个荷包蛋。

简单的早餐过后，老唐过去打开荡子的电脑。待我洗了碗，老唐叫我，"小雨，帮我看下子，看看写得么子样。"我走过去，老唐让出座位，在一旁站着。我坐下来，屏幕上一个深蓝色的花哨的页面，是老唐的 QQ 空间。老唐说，"前几天写的——晚上随便写的。"我惦着收拾屋子，也没看标题，直奔正文。文章一开笔，就是感慨与抒情，一个词藻接一个词藻，堆砌一起，场景大约是对着明月，伤感而寂寥。粗一看，貌似那么回事，实际上，是一种无病呻吟，这样的文字应对任何一个夜晚都是可以的。读完第一段，我不想读了，后面的文字想必是前面的延伸，一贯的空洞。我盯着屏幕，笑了笑，尽量松弛地说，"嗯，文字还算优美，感觉有些空。

怎么说呢——这种东西吧，唬下子人还是可以的。"老唐又说，"那天晚上随便写的——唬外行绝对冇得问题啰。"此时，荡子从露台回来，我说，"过来啰，看下老唐的文章。"荡子要和老唐去新塘，我得给他收拾几件衣物。待我从房间出来，一边将衣物放进荡子的包里，一边问老唐，"这种文章，没得么子蛮深的体验的东西，写起来蛮辛苦的吧。"老唐说，"不啊，写起来蛮轻松啊，我一下子就写完了。"荡子就笑，"这号文章写起来何解会轻松呢。冇得自己的东西，全部要找些人家的词，肯定比写自己有感觉的东西吃亏啦。"老唐说，"晓得吧，我是这么想的，我就是想和别个写得不一样。"荡子大笑，"你这样写，恰恰和别个写得一样。"老唐也哈哈笑起来。荡子说，"写文章啊，是把垃圾扫走，留下干净的东西。你的文章呢，是把垃圾扫拢来，堆在一起，结果看到的是一堆垃圾。"三个人都放肆地笑了。荡子站起来，指着书架，对老唐说，"自己找几本书，带过去看，那边也冇么子事做，打下子招呼就可以了。"老唐早已找好两本书，放在那摞宣纸上，面上的一本是《韩寒精品集》，粉色的封面，烫银的书名——我一直纳闷，这本书是从哪弄来的，怎么会来到我家书架，前几年整理书架时，我将它搁在最顶层，至今没人动过，想必上面蒙了厚厚的一层灰。荡子瞟了一眼，"就这？"老唐说，"都说韩寒的东西好得不得了，我想看下到底么子样子。"荡子转身去洗手间，说，"小雨，你帮老唐找几本。"我家的书架看起来威风，占据整整一面墙，像样的书似乎并不多，除了这几年我在网上陆续购回一些，另外大部分是朋友们的书。给老唐挑书，必须有所针对，首先得让他看得下去，既不能太深，也不能太浅，还要有一定的可读性。我走到书架中间那列国内散文前，浏览了一通，抽出花城出版社的《三十年散文观止》，拿出上册，递给老唐，"先就这本吧。"荡子出来，背上包准备动身，问我给老唐找的什么书。老唐拿着书向荡子扬了扬。荡子"嗯"了一声，对我说，"还一本呢（这套书是去年肖建国社长送的，因此他记得是上下册）？"我说一本都够看的了，荡子说，"还是两本吧，带全了。"老唐便将两本一并塞进箱子，随着荡子出了门。

《三十年散文观止》，我不知道老唐多大程度上看得进去，会否有所收获？可是无论如何，这次出门，对老唐来说，是一个新的开始。

"不要把得别个喝了啊"

近段时间，起得颇为准时，且比前段略略早了些，尤其今天，七点不到就醒了。睡不着，又不想看书，只得起床——捱床并不舒服，脚心会出汗的。洗漱完毕，打开电脑，泡上一杯信阳毛尖，看着光绿的茶叶竖立水中，一根一根，飘飘摇摇，坠落杯底。当我端起玻璃杯，随便一动，茶叶跟着摆动。其摆动十分有序，摆动的是上半身，下半身是不动的，犹如风吹田禾，无论风多急多猛，禾苗因为有根系扎植大地，吹不到别处去，波澜不惊，蔚为壮观，海底生物似的，美，是看得见的。茶叶于杯底，始终有一种扯不断的情谊。淡淡的茶，捧在手里，有些烫，喝上一口，有些涩，有些苦，正是清晨所需要的，渐渐地，睡梦和现实有了分隔，轻轻的喜悦弥漫而来，一天的阅读与写作由此打开。

不知我的早起是否与这绿茶有关，可以肯定的是：清晨，我更容易留心那些细微的事物与变化。清晨的第一杯茶，是最怡人的。接下来的情绪，似乎与清晨紧密相连。其中的秘密，谁也难以说清。

从早到晚，我喝着信阳毛尖，中途要换上五六次茶叶。信阳毛尖，无数次听人说起，也喝过无数回，它像一个熟视无睹却永远没有机会使用的形容词（读别人的文章时，时常发现，有些常见的形容词，我从未用过）。而这一次，因为朋友乐琼的一句话，我与信阳毛尖有了亲密的相处——那天我们从佛山回来，拐去乐琼的办公室取电脑。由于气温突降，我没带外套，只着一件薄毛衣，缩在沙发里。乐琼泡好一壶普洱，随后与荡子琢磨起《艺术大街》名片的设计来。我指望端起茶取取暖，只见杯中的普洱浓黑浓黑，像可乐，又是纸杯，茶的温度根本传不到手上。看情形，一时半会走不了，我便起身，重新烧了半壶水，瞄来瞄去，没找到陶瓷杯，只好将就着，两个纸杯套一起，让手感稍好一些。水开了，我问乐琼有没有绿茶。乐琼拿过来一罐信阳毛尖，打开铁盖，替我倒上。之后，又从办公桌底下摸出一罐同样的没开封的信阳毛尖，交给我，"不要把得别个喝了啊。"说话时，乐琼盯着那个铁罐，脑壳稍微一偏，眉眼明显往上一撑。既郑重，又带几分嗔怪，命令与交待兼而有之，亲人般地，我牢牢地记得。

　　熟识的朋友都知道，我们家客多，一年到头，茶喝得多。我们家什么茶都有，也都是朋友们送的，搁在客厅敞开的柜子里，进门就能看见。有时朋友来了，瞅到自己喜欢的茶，就带走了。有时朋友送茶来，也会一并告知茶的产地特点之类。我们听着，跟没听差不多，也分不出好赖。等到另外的朋友过来，荡子便拿出这茶来，问怎么样？"不错，恩，好茶。""那你拿回去吧。"我们柜子里的茶叶，成了朋友间的公用品、交流品。有一两次，等到泡茶的时候，才发现，柜子里没茶叶了。于是又上朋友那里，要来一盒，填补这意外的空白。这些，乐琼都是知道的。所以，乐琼的话里还有一层意思，这信阳毛尖品质上乘。

　　我和荡子都不懂茶，喝什么茶自然没有讲究，带点颜色就行。荡子倒是喜咖啡，老家的芝麻豆子茶，则只能算饮品。我品不出茶的上中下，也不关心它的价钱。茶叶的神乎其神，在我，不是权威机构盖的一个个大红的印章，也不产自某个环境独特的深山老林，更不是炒来炒去的手工或陈年，而是停留在人们噼里啪啦的嘴上。我们知道，黄金是有价的，市场上每天公布着，是黑是白，有个比对。茶叶的价值，却是个无底洞，越是深入，越会发现，处处云山雾罩，仿佛深井。依我的看法，茶叶与果蔬并无二致，哪有什么贵贱尊卑之分，白菜萝卜，各喜各爱。粗茶淡饭、山珍海味，凭的是各人的口感，一时的潮起。

　　然而，朋友的话，却另当别论，这大概是理性与感性互碰的结果，也是人性的结果。因为乐琼的话，我不自觉地观察起信阳毛尖来。信阳毛尖做工精致，看上去光滑，圆熟，颗颗饱满，齐整得像多胞胎。从铁罐里往外倒茶叶的时候，得格外小心，稍不留神，便会一窝蜂，梭出来半杯。信阳毛尖泡出来，仍然裹着身体，酣睡的样子，并不一页页极力张开。茶的清澈是彻底的，杯子里，见不到一粒渣滓，喝了一天的杯子，也留不下什么茶渍。尽管如此，泡茶之前，我还是会把杯子洗净，力求内外兼修。这么做，或是受了信阳毛尖清澈的感染。怕的是，用一只不洁不净的杯子，泡一杯清澈的信阳毛尖，会对这信阳毛尖有所不敬。我这样说，并非信阳毛尖真的留给我什么特别之处（好的茶本该呈现好的作派），是因为我每每泡茶，乐琼的神情都会跃然眼前，弄得我几乎笑出声来。虽然茶在我手，由不得他，我还是会谨记乐琼的嘱咐，好好珍惜之。何况，乐琼的话里，还有一种对待孩子般的吓唬，那没被他说出来的假设，同样可爱至极。

2012/04/30

鱼还没有尖叫

　　早上起来，习惯去园子里看鱼——近来，池子里产了许多小鱼，一厘米左右，成群结队，游得欢快。眼见小生命一天天大起来，我每天都要来回十几遍地看。喔，不好，池子的角落，似是有条鱼飘着，颜色还未泛白，显然才死去不久。我立马跑回房间，将此重大消息对着床报告。荡子眼睛眯了一下，又合上了。想到他早上五点才睡，到现在三个小时不到，我退出房间，重返园子。细看之下，惨了，荷叶旁边，还飘着一条；还有，假山洞口，又一条。我急匆匆回去，对着床大声报告，"死了三条。"荡子一骨碌坐起，趿着拖鞋，边察看灾情边分析：鱼太多，池子太小，又没得食吃……这些原因分明是我们之前预计到且常常念叨的。也就是说，今天，我们只不过迎来了它的结果。

　　留下荡子继续视察，我溜进房间，网上看起新闻来。此时的我心不在焉，纯属短暂地偷安。果然，一条新闻没读完，荡子就叫起来，"过来啰，把鱼剖了。"剖鱼是我俩都不爱干的事。我磨磨蹭蹭过去，呆立池边，一筹莫展。荡子拿着一根竹棍，这里戳一下，那里捅一下。"哎，快点把鱼捞起来。"荡子再次提醒我。我找来水瓢，将最近的一条死鱼舀起，滗掉水，扔到地上。荡子看不下去，说，"用手捞啰。"我气屈屈的，扔下水瓢，"你来弄好啵。"我回屋找来几张报纸，垫在《凡客宣传册》下面，开始剖鱼。荡子将另外两条鱼捞起，朝我扔了过来。这一剖才知道，养了一年的鲫鱼，不仅没长，反而瘦了很多，肚囊又空又瘪，肠子几近透明，鱼籽也只零星的几粒。鱼肚子刮净，便剩下皮包骨。看来还真是活活饿死的，估计另外的几条也熬不过几天了。荡子决定，将池子里的水换了。待水放得差不多了，荡子叫我再捞几条上来（担心它们全部饿死）。我舀起一条活鱼，倒在地上，鱼没怎么挣扎，只是尾巴翘了几下，就认命了——想当初，只要园子里稍有动静，鱼就哧溜一下，蹿出老远。难怪最近鱼们总是抻出小嘴，不停地揸巴揸巴，便是有人走近，也懒得开溜，我还以为鱼和我们熟了，不怕生了呢，敢情是饿晕了，悲催啊！晨曦下，我继续等待，等待离开水的鱼最后的舞蹈，最后的尖叫，可惜它们始终一动不动，我什么也没有等到。或许活着，原本是件痛苦的事；活到这份上，不如死了算了。

荡子说，"把剩下的几条大鱼全捞起来吧。"我说，"还是等哪天坤坤来了再说吧。"——因为讨厌剖鱼，所以我深深地记得坤坤说过他喜欢剖鱼。荡子捞了两条活鱼起来，准备继续捞。我说，"算了吧，都六条了，六六大顺。"我实在没心情剖鱼，滑溜滑溜的，那种感觉很糟，再剖下去，我倒是要尖叫了。

既然剖都剖了，我还是把鱼洗干净了，也对得起咱们一年来的辛劳。说实在的，剖鱼的过程中，我已然没了吃它的兴趣，瘦不拉叽的，一点肉没有，吃什么呀？我对荡子说，"中午你亲自做啊。"到了中午，荡子将鱼用清水炖了，又切了两把自制的酸菜，一锅炖了。酸菜鱼端上来，我试探性地尝了一口，便再也不想动筷子了。荡子呢，拣里面的酸菜吃了几口，好在有咸蛋和四季红腐乳，不然这顿饭没法吃了。饭毕，荡子将那锅原封未动的鱼倒了，说，"可惜了那一大坨猪油（看来他早知道鱼的味道不行，居然连猪油这种调味剂都破天荒地用上了）。"我端出另外三条还没炖上的鱼，越看越觉得别扭，它们的头怎么就那么大呢。荡子说，"我们把鲫鱼都养成大头鱼了。"于是，我一并将它们扔了。午饭后荡子出门，我将一袋垃圾递给他，"赶紧带下去，扔远一点，免得在这里发臭。"

再也回不去了

　　梦见自己在某个小城，一夜之间，一无所有，家、爱人、工作、朋友，连口袋也空空如也。昏黄的路灯下，我独立于圆圈的街心，脚下，没有一条路指向我。我的唯一出路，只能当年一样，背起瘪瘪的行囊，去到一个陌生的地方。然而一想到重头来过，我就像暴雨下失足的鸟儿，蜷缩于凄惶的墙角……此时，梦卡住了，卡住了的磁带一样，瑟瑟发抖。

　　没想到，梦里的一次突变，惊得我不成体统。这惊恐是真的，醒后的头晕目眩可以作证，所有的来龙去脉都是真的，不是虚拟。它和信封里的思念一样，发不发出去，见不见面，爱情都是真的。我不止一次地假设——假设有一天灾难降临，假设有一天走投无路……只是结果不至于梦里这般凄惶。在白昼，人们忙着挣钱，换取面包，然后再挣钱，再换取面包，而为了换取一份夹了火腿的面包，人们常常绞尽脑汁。每个人好比墙上的钟摆，按照顺时针方向一圈一圈运行，哪里腾得出时间考虑这些假设？阳光则像个稳坐钓鱼台的法官，公平地照在街心与墙角，让尘埃和阴影无处可逃；大地圆睁着双眼，魔鬼躲在宽大的席梦思上酣睡。在白昼，每一条路都清晰可见，宽的窄的，近的远的，弯的直的，一步一步，沿着昨天的蹊径，蜿蜒，流向今天的屋檐。那些杞人忧天的假设，只不过心血来潮的闹剧，那些信誓旦旦的真理，只不过人群中一个响亮的屁。即便躺进郊外的棺材，真实地体验一把黑暗与死亡，你心里总是比谁都清白，那只是自诩文明的人类导演的一出戏。在夜晚，在梦里，漆黑的假设仍会戴上狰狞的面具，扼住你的喉咙。人们白昼来不及面对的、不敢面对的，会在这里狭路相逢。梦是个强盗，一个不负责任的强盗，一个无法追究的强盗。

　　十八年过去，我还是身份证上的那个我，可是我经历了，体验了，懂得了一条又一条人生道理，知道什么该做什么不该做。事实是，身份证上的我成了旧我，眼前的新我哪里也不想去，什么也不愿碰，十八年前的勇气，再也不属于我。勇气，犹如我烂熟于心的故乡，它存在，它历历在目，它每天与我擦肩而过，然而不知不觉间，它远离了我，成为绝对的过去，我再也回不去了。值得庆幸的是，我再也不想回去了。这里面，无所谓好与歹，无所谓对与错。那些无畏的勇气，我已经不再需要。若是时光能够倒回，青春可以重来，我的生活照样会一边清澈一边泥泞。最好，赐予我些些勤劳与忍耐、些些智慧与幽默，另外，那些我原本具备的，继续让我贪婪地持有。谁让我们下凡人间，哪怕碌碌无为，哪怕丑陋得卡西莫多，也要在夹缝中踮起脚，追逐那无边无际的美呢。要说时间这家伙，还真是个大大的流氓，今天嘲笑昨天，未来玩弄过去，然后一遍又一遍，使得地球上的生灵在爱与痛之间轮回。而蜜罐永远悬挂在时间之外，不时地晃荡一下，让你看见，却怎么也抓不着，一个十足的无赖！回忆就是那个蜜罐，和幻觉一样甜。此刻纵然美妙，始终不及回忆和期待那么甜。

2012/10/31

秋天于今晨来临

早上起来，阳台门才拉开一条缝，便有一股冷风，乘虚而入。台面上的书页顿时哗哗翻响，宣纸纷落，流浪起不少的尘灰，只着短袖连身裙的我显然有些招架不住，赶紧将门合上。这穿堂的风啊，还真是猛烈……在衣柜面前游移了好半天，总算瞄准一套长衫长裤，不等洗漱，便迫不及待地换上。此时，再次拉开阳台门，大义凛然地屹立阳台中央，凭风来袭，先前的冷丝毫不见了，取而代之的是缕缕清风，久违的吹拂，亲切又爽朗。哦，多么简单，加件衣衫，风就小了，冷风瞬间变清风了。门缝如此之小，风却如此之大；且然伫立风中，风反而消失了。是的，风同所有的事物并无二致，你需要它，它就是好的；你不需要它，它就不好，就糟糕。人的情感，照样逃不脱类似的体验和范畴。无论怎样，对于夏季漫漫的南方，这簌簌的风是喜人的。仔细些聆听，那一阵一阵的，分明是秋风。立秋都快三个月了的今晨，我终于领受到了真的秋天。其实昨天，温度就已下降，只不过寒意今天才传达身体。昨天，是用来过渡的，肌肤和心灵在这一天获得了相应的缓冲，看来大自然与人类有着共通和默契。

就着好心情，我打开网络，悠悠地读起新闻来，不知不觉在娱乐新闻上停了下来。万科董事长王石与八零后小演员的恋情沸沸扬扬，好事者将王石妻子之艰辛和盘托出，又将八零后之面纱层层揭开，当事双方当然是未予回应。相信这些由蛛丝马迹推演出来的扑朔迷离，正吸引着千万双消遣的眼睛，眼睛的背后，是飞速运转的大脑，是臆想，是揣测，以及依据自身经验的结论。这盛大的繁荣大概是新闻炮制者愿望看到的。真不知这些文字到底暗示什么：硬汉难过美人关？女人上位不择手段？掺杂物质的爱情注定深藏危机、好景不长？……陈述者的用意和指向是显而易见的，他们甚至不吝用一系列判断性的词：小三、老底、自我炒作、英雄、抛妻……预设着立场。显然这些对我无用，我顶多算个打酱油的。我只知道，男人女人皆是一撇一捺的人。我也不知道，谁是真的硬汉，又有谁了解硬汉的心；我还知道，在慌急火燎的时代，即便小女子求名求利又有什么值得大谴特责，记者们不如留着精气神把瘦肉精和三聚氰胺给戒了；或许，有时候，爱情与危机原本是一对孪生兄弟，纯与不纯、好景长与不长又有什么要紧。有意思的是，在爱情面前，人人貌似专家（是不是因为参过战，就有了发言权）。趁着今晨难得的好天气，我在此串八卦前驻足良久，甚至前所未有地、有滋有味地翻起民调和留言来，此处真是热闹空前，痛骂的、义愤的、祝福的，惋惜的……振振有词，仿佛人人手里捏着一大把真理。

　　此时的窗外，阳光普照，大摇大摆的秋风退去不少，我几乎感觉不到它的存在。爱情呐，它何尝不是姗姗而来的秋风，你需要它，它就是神；你纠缠它，它就是鬼。还真得感谢咱们伟大的无所不能的万寿无疆的上帝，它创造了大自然，不过瘾，还要创造人，这还不够，还要创造爱情——肉体的，进而精神的，总之，奢侈的……让芸芸众生一有机会就想钻进这死胡同，寻找片刻的慰藉，偷取最后的欢愉。

　　我此刻的快乐仿佛也是偷来的。此刻，秋高气爽，风清云淡，荡子和朋友们去了茂名乡村，我独享着寂静而自在的时日。荡子在家，我分明也是自在的，想看书看书，想上网上网，想出门出门，只是这自在无法大规模地到来：看到网上的新鲜事，总会不自觉地转述给他；心血来潮的一个主意，总要立马与他分享；午饭吃不吃，吃干的还是稀的，也争取达成一致；他呢，看到番薯叶长了，得喊我递把剪刀；烟没了，懒得动，唤我起身拆一包；甚至他经过我的房门，并不瞅我，我也觉得周边的景致动了，视野乱了……一来二去，一天就这么细细碎碎地完蛋。唯有清晨，趁他还在熟睡，我悄声起床，坐在吊篮里阅读，才是完全属于自己的时光。差不多了，我会丢下书，前去问他早餐来点什么，或是不吃？也不管他醒了还是没醒。这样的相互打扰已成惯性，并且，我们以此为乐，虽然，此乐永远无法取代彼乐。因此，我时不时地希望他出趟门，那样，我的快乐便得到必要的调剂，他的出门最好只是三两天，不长也不短，长了也是孤独的。正如吊篮里的阅读，我至多维持一个小时，久了，也就坐不住了。

为什么我还不感动？

——《温故 1942》观后

这两天，不论闲在家里，还是出去散步，甚至在麻将桌上，有个疑问总是萦绕着我：当活着的全部仅仅为着一口稀饭一块饼干，当天灾人祸到了无以复加的深渊，当生命渺如草芥，为什么我还不疼痛，甚至没有多少感动？是我的问题？导演的问题？还是别的什么原因导致？我希望通过自身的思考找到答案，好让我的明天可以掩耳盗铃地继续。

每阅一部作品，我都会尽量将自己置身一个客观的平台，做到必要的冷静与理性，这样可以获得相对公允有效的判断。即便阅读经典阅读大师，我照样一字一句地体悟，如果好，到底好在哪里；如果不好，又不好在哪里；如果没弄清楚，那么，重头来过。我遵循的原则只有一个，听从并尊重自己的内心，所有的判断必须找到令自己信服的支撑。前提当然是，我信任自己的感受，信任自己的诚恳，除此，我别无选择。而要真正做到完全不凭感情用事、不受外界干扰又是不可能的，每个人都有着自己独特的经验和偏好，每个人的认识和修为不尽相同，因此，每个人行事有所倾向或许是下意识的。我们在绝对中求相对的目的只有一个，让自己相信，让自己凭良心，让自己对得起，让自己过意得去。

看《温故1942》之前，我听说这部电影令到台下的观众沉浸在一致的悲伤与无语中，直到走出影院很久；我喜欢冯小刚导演看似吊儿郎当的深刻，于是，带着一贯的欣赏与挑剔，我走进电影……在电影里，我看到了巨大的惊恐与残酷，看到了醇厚的善良与温暖，更多地，我看到了无尽的悲凉、无奈以及本能，这些东西，几近达到人类所能承受之极限。可以说，世间的各种情感，相同的、对立的，在这部电影里几乎全部可以找到。演员的表现可谓精准无误，哪怕一个小配角，都拿捏得恰到好处，既不渲染也不夸张，平实而充盈，他们仿佛全都生长在灾难里。情节方面，亦做到了既新颖又丰富——当我看到婆婆解开刚刚死去的儿媳的衣衫，想让饥饿的婴儿最后哨一口母亲的奶水时，我还在想，这么好的细节，导演怎么能让它一笔带过，不在具体的面孔上多些停留？到后来，看到花枝为着一块饼干主动将自己送给男人，女儿为着五斗米将自己出卖时，我明白了：这样的细节比比皆是，伸手便能抓回一大把；残酷已成一种常态，跟我们吃饭睡觉一样；人不过是一条想要活命的狗，摆在眼前的现实是如何从石头缝里找到一块尚可啃一啃的骨头。而影片的结尾，失去妈妈的小女孩，叫路过的老头一声爷爷，两人就手牵手成为一家人，这其中的冷暖与照亮，唯有体会其中的人自觉自知。这是一部不需要故事的电影，它所做的工作就是呈现，通过或虚或实的呈现抵达情感上的完整，如同一篇沉甸甸的散文。仅凭这一点，电影《温故1942》便与那些千方百计通过跌宕曲折巧合的故事赢取人心的作品区分开来，前者是本质的、终极的，后者是形式的、手段的、急功近利的。人性的光芒其实永远都在，就看你通过什么方法采用怎样的语言来捕捉它。

可以说，电影《温故1942》既全面又深刻，展现了一场立体的灾难，是一部具备相当艺术品质的电影。表面上，它只是通过灾民、日军、外国人白修德、国民政府这几条不同的线将事实呈现，它不去抱怨、不去批评，不去指责，因为它懂得，任何一种声音的发出都是苍白的，甚至是破坏性的，追问自在每个观众的心里。更何况，在极端的环境里，谈道德谈情操谈底线毫无意义，谁又有资格去责难他人？

可以说，相对众多国产片，《温故1942》是一部无懈可击的电影。如果在此基础上，我们还想对一部电影有所要求，希望它实现更多，希望它拯救全人类，那一定不是电影的错，而是我们的错。然而，我要说的是，不知为什么，从头至尾，我不怎么感动，或者说，我的感动少得可怜。看电影的过程中，我时不时地张望过、期待过，总以为好戏会在后头（例如那个怀揣厚厚《圣经》的牧师，我隐隐牵挂着，放他不下——当虔诚的信仰一夜之间被摧毁被颠覆，他该如何解救自己？他会不会选择自杀？人生仿佛一个深不可测的陷阱，又仿佛一个寓言，一个黑色幽默），从而不那么关注当下接踵而来的令我应接不暇的发生，直至时间过去大半，我才回过神来，当下便是一切，后头一如当下。

这么说，是我的问题？这个，我实在有些难以确定。我的理由似乎算得上充分：感动是人类共同的最基础的情感之一，是美好情感中燃点较低的一种。如果一个人连感动都没有，更谈不上疼痛、震撼、敬畏这些高贵的情感。而我恰恰是个极易感动的人，电视屏幕上，每当五星红旗升起，每当地震现场听到一声呻吟，每当山区的孩子大冬天着一双破鞋，每当获赠新书包的小朋友面对镜头羞怯地背诵他们的感谢与报答，我都会内心哽噎；甚至前天中午，看到罪孽深重的杀人者无望的眼睛，我禁不住泪水涟涟（此时荡子乜斜着，笑谑地为我递上一张纸巾）。不光如此，看南方卫视《马后炮》时，我仍然和主持人老马一样激奋；儿时与小学同学的一次拌嘴，我至今无法忘却；十年前对姐姐一次极不友好的说话，仍然令我深感羞愧；年仅36岁的学者张晖逝去后同事们谈及他的那些文字，读来我心异常凝重。我要说，我依然坚持，并且柔软。我没有因为频繁而严峻的现实和考验变得冷漠变得铁石心肠！我还是原来的我，我没有变！可是此刻，这样的表明显得十分无力，似乎存在某种逻辑上的漏洞，它不像 1+1 = 2 那样板上钉钉。我正在考虑，是否将这看似合理的表明收回。它多少含有标榜和狡辩的意思，标榜是丑陋的，狡辩是可耻的。虽然我无意谴责那些围观的路人以及那双揪住好人不放的手（我坚信他们起初不是这样的，他们的日常幸福应当是，打麻将的时候一心一意，不必因为曾经袖手旁观或曾经栽赃他人而心不在焉），我打心底里愿意宽恕每一个错误，我愿意拿出全部的美酒招待经过我身边的人，即便强盗的一滴眼泪，也会令我心旌动摇，但是无论如何，我不敢设想尖刀被架在自己脖子上的情形，我不能保证地震时第一个逃跑的不是自己，尽管空气污浊，我仍然想要高枕无忧地呼吸，我甚至祈求在越来越污浊的空气里，自己的身心越来越健康、开阔，那些病态的、狭隘的脑袋，就随它们去吧——连上帝都躲起来了，还有什么值得我们愤怒与坚守。我们拥有的是得过且过的权利，视而不见的权利，尽管在宁静的夜晚，坐下来的一瞬，我们无法选择遗忘。哦，可怕的遗忘！

荡子一直在说，"所有的错都是自己的错。"这句话里，既包含理想、胸怀、责任、承担，也包含深深的无望和无奈。这些年来，只要我的眼睛睁开，我就无法原谅自己！这既不是诅咒，也不是忏悔，更不是鞭策。我所做的，只是如电影《温故1942》一样，将此刻的自己真实地呈现。

2013/04/13

捕鼠记

　　春节后不久，荡子在后园里发现了老鼠，这令我有些不安，不过，我并没有太在意。那天荡子在后院大叫"老皮"的时候，我正忙于午饭，母亲也在。我们跑过去，见他杵着一根长长的木棍，对着地里一顿猛戳："老鼠窝。"话音未落，一只小老鼠在我们眼皮底下，火箭一般，倏地从水面消失。锅里油还烧着，我来不及多想，赶紧返回去炒菜。

　　这是家里第一次发现老鼠，因为害怕，我无法忽略它；又因为有荡子，我什么都不怕。平日里后园门窗都敞着，搞卫生时偶尔见到一两粒老鼠屎，我也朝这方面猜测过，只是尽量不去细想，这一天终于得到了印证。

　　我家后园除了一溜小水池，还有一围小田土，种着几株桂花树、几棵越长越赖的辣椒，以及随意洒下的丝瓜种子。按荡子的意思，有绿色的样子就好，至于是盛是衰，谁也懒得计较。现在，老鼠既来之，灭鼠便是大事。然而事再大，与我的关系似乎不大——后园的事，向来是荡子的事——这种默契的形成，有其内在的原因，不光荡子力气大胆子大，比我有上田间地头摸摸踩踩的闲心，还有一层，他在农村长大（据他家人说，他基本没下过地，哪怕地里再忙，他也不曾拢去帮手，为此他父亲一度对他耿耿于怀），貌似比在镇上长大的我里手。他也知道，我怕极了菜虫、蚯蚓、毛毛虫这类软体小动物，老鼠更不用说了。灭鼠的事，他义不容辞，我想这也是展现一个人战斗力的好时候。这天大家都在，又是明晃晃的白天，老鼠的事我没怎么放在心上，道理很简单：在寒冷的冬天，一个人很难想像夏天的炎热，便是看到电视广告里的比基尼小姐，也要凭空地担心她会不会冻着。事后我一想，也不知荡子是怎么发现老鼠的，没事去田土里捣鼓什么呀。午饭前，荡子总结说，成绩大大的有，老鼠一共打死四只（都是小的），可惜那只大的逃窜到屋顶上去了。皮皮将四只死鼠用塑料袋封好，拎到外面，灭鼠之事暂告一段。这件事给我的直接教训是，后院门再也不能随便打开了，得养成随手关门的习惯。

事情好似就这么过去了。母亲一走，家里恢复了平日的钟摆。荡子郑重宣布，开始写诗。不管怎么说，这在他是难得之举，我当全力支持，尽量不去扰民，除非他主动叫我（大多是他完成一首诗，得意地叫我过去"看看"）。简单宁静的日子，想写就写，想睡就睡，转眼十多天过去了。

上月底的一个晚上，大概凌晨3点，我被几声"吱吱吱"惊醒，迷糊中联想到老鼠，而且就在睡房。这一觉悟，令我本能地缩成一团，再也没法安然入睡了。微光中，我屏住呼吸，紧盯两三米开外的墙角，没错，书桌边的垃圾篓里，老鼠正啃着什么，嘎吱——嘎吱——声声断断（那是我白天吃花生吐的壳）。我心挣扎着，呼呼乱跳，起还是不起？起来之后怎么办？我越想越发慌。事已至此，我又不想吵醒荡子（他才躺下不久，睡意正酣）。两三分钟过去了，我警惕地坐起，侧耳聆听，静待后事。嘎吱——嘎吱——老鼠如入无人之境，放肆，欢畅，丝毫没有打住的意思，我靠在床头，感到万事荒凉……老鼠若是有知，同处一室的人胆小甚它，怕也会有所收敛的吧。嘎吱——嘎吱——那些没完没了的花生壳，且多着呢，天亮也啃不完啊。嘎吱——嘎吱——仿佛啃着我的五脏六腑……我实在受不了了，悄悄下床，推了推荡子，轻声告诉他，"有老鼠。"荡子莫名地望着我，我指了指墙角，"老鼠。"此时的老鼠仍然津津有味，荡子猛然起身，将房间关紧，叫我开灯。这下可好，声音没了，老鼠不知藏身何处了。荡子拍着书桌，老鼠始终不现身，也不发出任何声响。荡子又将茶几和垃圾篓移上飘窗，对着书桌下面一顿乱拍，老鼠突然从电脑后面的线团里飘出，伴着站在床上的我"啊"地一声尖叫，无头苍蝇一样，绕着书桌书架门框四处乱蹿，最终又躲进线团后面了。是只中等大小的老鼠，也不知是不是上次逃到屋顶上的那只。荡子将重重的书桌和书架挪开，举着一本杂志在书桌和墙壁上好一阵拍打，没反应。无意间，荡子将书桌抽屉拉开，好家伙，又是一飘（原来抽屉后面有半截是空的），老鼠再次绕着书桌书架门框乱蹿。我又是"啊"的一声尖叫。惊恐中，我双手捧着鼻翼，呆住了。待老鼠再次躲起，我开始绝望——和老鼠玩捉迷藏，失败者恐怕只能是对方。荡子出去拿了把扫帚回来，有用吗，我怀疑着，可又没有更好的办法。见他将小的藤书架移至外面走廊，重新关好房门。关门打鼠，思路上肯定没错，否则，让它逃到广阔天地，无异于将自己推向大海捞针的绝境。无奈之下，我只好寄希望于荡子，但愿他马到成功。荡子将长长的扫帚伸向墙壁与书桌间的夹缝，果然，老鼠出来了，我惊叫，"这里这里——"老鼠无路可择，书柜顶空调上门框边书架里床挡头，上蹿下跳，吓得我"啊啊啊"连声尖叫，荡子举着扫帚，追着老鼠来来回回地打。

由于老鼠的速度非常之快，荡子的努力终是徒劳，我的心再一次变灰。看着荡子决一死战的架势，我欲哭无泪地站在床上，只盼快快天明。就在我绝望的一刻，老鼠再次蹿出，直奔床上的我而来，我魂飞魄散，"啊啊啊"地厉声惨叫，从床这头跳到床那头，那么大一张床，我竟然无从下脚，仿似脚下的每一寸大地都是毛茸茸的老鼠。荡子对着我大吼，"叫么子鬼啰，半夜时候。"我脑子一片空白，浑身汗毛竖起，老鼠一溜，居然躲进席梦思与墙壁之间的小缝里了。荡子对着缝里赶了几下，老鼠又飙上衣柜顶，从而再次回到书桌后的电脑线团里。我紧团双臂，站在床的正中（床是我的救生岛，我根本不敢站在岸边），瑟瑟发抖，由着荡子继续腾挪家具，追打老鼠，彻底的绝望将我层层包裹。随着老鼠的出没，我的尖叫此起彼伏，荡子全心全意，再也无心理会我，管它如何惊扰邻里。一阵手忙脚乱之中，刚从书桌边溜出来的老鼠竟然被荡子的乱棍（扫帚）击中，我欢呼雀跃，"打到了打到了——"荡子乘胜追击，老鼠罩了几下，断气了。此时，扫帚断成两截。待荡子用纸巾塑料袋将鼠尸运走，我的心总算在惊恐中着陆。我下得床来，墙上的钟指向 4 点，客厅里，荡子坐在沙发上，满身豆大的汗滴，仍不忘打开电视，还说，"不睡了，这个时候起来精神最好。"昏昏沉沉之中，我的视线在荡子身上停驻，此时的他犹如一个陌生人。我粗粗地收拾过房间，再次来到客厅，荡子侧身沙发，打起鼾来。这是我熟悉的人吗，我这样想着，将电视关了，躺回床上，望着墙角，心有余悸。

不知为何，我一直固执地认为，此次灭鼠成功是个意外，不能完全归功于荡子——房间很小，无路可逃，这个前提他把握得很好。可那又怎样，老鼠很狡猾啊，既能上天又能入地。事实上，前些天的四只老鼠是如何剿灭的，我不曾问过荡子，我甚至从来也没打算关心那次剿灭的过程，我相信那个过程艰难而复杂，我又隐隐相信，结果定当圆满——我所认识的荡子是这样的，很多事情他会半途而废，但灭鼠的事他不会，他会见一个打一个，这里面有战斗的艰辛，也有成功的喜悦，这些都不重要，关键在于，他乐于做这件事。譬如那几棵桂花树，他栽了挖挖了栽，少说也有五六次，我不知道这样做有什么必要，我只知道，当时的荡子乐意那样做，就去做了，仅此而已。然而，这次半夜灭鼠，我的绝望一而再再而三，时高时低，反反复复，更多的原因应当是，老鼠是我的天敌，看见老鼠，你就会看见惊弓之鸟，惊弓之鸟不是别人，正是我自己。面对天敌，我早已不是我，还谈何其他。可恨的是，我越是惧怕，它越是与我狭路相逢。这是一个永恒的逻辑。

天一亮，我将房间彻底清扫了一遍，被子床单枕套全都撤下来洗了，我一寸一寸抹着每一个角落，因为我知道，那里有老鼠的遗迹——想必另外的房间，老鼠也曾到此一游，且不去细想那些窝心事好了。无知无畏，并非什么坏事。做个永远的婴儿，多好！

捕鼠的事，说给建荣听，建荣建议我们买个鼠笼，放点肉或者苹果在里面，保准一逮一个准，他在长沙就这么干过。后来，乐乐捎了个鼠笼来，荡子将一块熟肉挂在笼里，放在后园门口守株待兔。第二天，没动静，第三天，竟然同时关进两只小鼠。早上起来，隔着玻璃门，我远远（根本不敢靠近）看见两只小鼠在笼子里四面碰壁，心惊肉跳之余，也不知它俩是否意识到死到临头。按乐乐的说法，将鼠笼沉入水底，淹死之后，找几张纸，将鼠笼在火上烤一烤，去除腥味，否则聪明的老鼠下次不会上当受骗了。就这样，十天左右，钓到了五只老鼠。当然，钓老鼠的日子荡子必须在家，若是他出门在外，我立刻将鼠笼关了，这事我是绝不可能单干的，万一深夜钓到一只，在那里活蹦乱跳，我哪有狗胆上前处置。

到今天，连续十几天没逮到老鼠了，不知老鼠是否真的绝迹。不管怎样，我再也不敢把后园门打开了。此外，这件事对我的间接影响是，我亲爱的九雨楼从此打了折扣，亲切归亲切，终归不如先前那么完美了。

理解了自由便理解了一切

——撇开传记背景看电影《萧红》

传记，多多少少是个令人生疑的词，一个人的面目恐怕很难有人能够确切地描述，即便自传，也会因为各种因素自觉不自觉地偏于主观，有所取舍。生活中，我们往往不知为什么就厚了此而薄了彼，于是统统归结于天意，既放之四海而皆准，又可一了百了（老天爷真是个好好先生，破事烂事他老人家全都一揽子兜着）。我们常常听人说，这个巴尔扎克与那个巴尔扎克大相径庭，原来曾国藩是这个样子，梵高是饮弹自杀？少年误杀？……同一个人，不同的甚至完全相反的版本，被争得面红耳赤。我以为，版本越多，代表其被关注的程度越高，仅此而已。真相到底如何，无人知晓，也不必穷追。严格地说，每个人都是一个谜，对他人，对自己，都是。流逝的光阴，关乎的是各人的感验，看得见的，并非完全的真相，真相或许在无法看见的背面，正如神乎其神的魔术（然而魔术于我从来不具吸引，这大概也是天意）。若是再绝对一点，生活本来就没有什么真相。真相是一块言之凿凿的有棱有角的结石，当存在于大自然而非灵魂之中。手中翻阅的历史，只能说哪一页更接近、更符合你的理解。而关于文学的传记，接近和符合并非宗旨，它一旦成为作品得以传承，传记中的主人，便脱离了原来的那个自己，成为独立的、千万个读者视阈里的新人。至于是否做到还原，或许并无大碍。传记不是考古，不是侦探，我们阅读传记的最终目的说到底只有一个，从中获得启示，强壮精神，进而开拓自己。毕竟人类需要文明需要陶冶，阅读者要从他人的历练中提取善与乐。

鉴于以上的前提，我谈谈作为独立艺术作品的电影《萧红》。

首先，我忍不住要说，我爱它，这爱似乎涵盖了与这部电影相关的一切：那个叫萧红又叫宋佳的女主角，人物关系的简单不躲藏，语言和神情极直捷的表达，忧伤的配乐与女声，唯美的风景与舒闲的服饰……这些大抵构成了一部电影的绝大部分。

女主角（当电影《萧红》选择了演员宋佳，二者便合二为一）是孤独的，自她离开家乡的那一刻，孤独便如影随形，不离不弃，烟和泪水成了当然的道具（如果具备更好的表现能力，这些道具也可以不需要，它们只是从形式上帮助着表演）。写作是孤独的出口，对她来说，也是唯一的出口，但并非首选。如果有可能，爱情当成为她的首选——二十多岁的年纪，爱情理当成为一个有着丰富内心的女子的追求。然而她一旦从写作中收获了乐趣，尤其收获的还不是一般的赞美，她便找到了勇气和支撑，这支撑是可靠的，也将是恒久的，因为它来自自身，来自创造，而非仰仗他人。如果她的生命不是终止于旺盛的三十一岁，她将更加懂得创造的珍贵。当然，这并不代表她因此舍弃爱情，创造与爱情，二者从来都是共同繁荣的孪生姐妹。表面上，男人们为她逗留，他们的位置有所从属，实质上，是她太过孤独，还没有找到适合自己的那一位，那么，跟着感觉走，暂时的栖息也是美好的。何况面对每一场爱情，她都积极，勇敢，以她一贯的坚强、真诚、纯粹来迎接来消受。她的每一分钟，都如此地沉浸于烟火，与此同时，她又怀揣着无限美好的期待与梦想，又是如此地不食人间烟火，最好是，那些烟火一直熊熊燃烧，一刻也不要熄灭。一个依靠理想生活的生命，是不会有错的。如果有错的话，也是上帝的错，上帝不该造她。她憧憬，她享受，她失落，她绝望，一浪接着一浪，她需要的是一个能够在思想上完全引领并战胜她的强大的男人，而非她的崇拜者（更多的时候，崇拜只能仰视，不宜靠近）。这样的男人，世上本就寥落，她又来不及遇上，或者说，遇上了却无以开展。因此，我们时不时看到她摔杯子、扔行李、夺门而去、无声的哭泣。她的泪水是流给命运的，不是流给男人的，男人们同样没有错。有谁能够在历史的滚滚洪流中岿然不动、独辟一隅？何况她一介怏怏女子，既丢了故乡，又丢了骨肉，曾经爱慕她的男人也要离她而去，这是自由的代价，亦是她主动的选择，没有另一条道路可以走。假如重来，她脚下的路还是重复的，深深浅浅，跌跌撞撞，崎崎岖岖。不要说痛，也不要说委屈，更不要说遗憾、悔恨，这些带着色彩的词语对于她来说是肤浅的，上帝赋予她纯粹的白，她就得扮演好她短暂而悲壮的一生。要知道，任何人都只是一个角色。

对她来说，一切又都是简单的。爱与不爱，无需躲藏，也无需回避。巨大的真实，赤裸的灵魂，令她简单得不同凡响。一个率性、不事雕琢、敢爱敢恨的女子在任何环境下都是引人注目的，即便她默默无语独坐角落，全神贯注地过着自己平凡的微小的生活，她照样会成为卓尔不群的那个。何况她还那么美、那么优雅、那么诚恳、那么自信。她是世间的稀物，关于这点，她或许并无意识，无意识更好，这让她的单纯更加天然。导演霍建起同样采取极简主义，情节和对话干脆又节制，哪怕情敌与情敌之间，也是磊落的。

这种不纠缠、不陷入、不堕落的处理方式，无疑将更大的想像空间留给观众。想像是个百分百的魔鬼，它既可以无限延展，又可以追根溯源，容易向极致（极美好或极恐怖）的方向发挥，这取决于电影给观众的暗示。电影《萧红》给人的暗示是，她便是经受了孤独、绝望、死亡等等一系列鬼东西轮番的折磨，我们照样会将她短暂的一生想像成瑰丽与洒脱。经由他人的眼光看一个人以及拉开距离看一个人，与身边的人近距离地看一个人是不一样的。可是人为的镜头一旦被剪辑下来，便是唯一，不能更换，观众的想像显然不管不顾，跟随导演的指引随波逐流，甚至随便一条街道、一地落叶、一双破鞋、一句诅咒、一个眼神都可能成为美的象征。电影是视觉艺术，没有哪个导演不倾心于具象的画面，这自然是聪明的做法。如果《萧红》是一部电视剧，包袱里的那些零碎一五一十地抖开，情形恐怕就糟了。

文艺青年的她不是小资，小资大凡携带天真的成分，小资的咖啡杯里多半倒映着眼角的余光，而她不等不靠，她是单纯，是自我，穿着舒服的衣衫，陶醉在自己的创作里，她知道，创造是无边无际的，这是一个人最终的快乐。她又是一个革命青年，她革命只为着尊重自己的内心，让命运牢牢地握在自己手中。电影中忧伤的音乐和女声的流淌，无疑加强了她人生际遇的美与悲。这种美与悲注定只能扎根在少数观众的脑海里，然而它一旦扎根，就无比盛大，无比顽强。

我爱的，或许是青春的气息，是创造的愉快，是忧伤的沉浸，是那些永远无法回去的动人的时光。那些时光是画面，是电影，是梦，是闭上眼睛就会上演的情节，是活下去的依靠。

如果电影中那些旁白少些表白和哀怨，少些文艺腔调，就更完美了。即便"我写苦难，就是希望苦难的现实能够改变"是她的原话，也不必遵从；"那些男人，无论她身处何境，哪怕是身怀六甲，他们都爱她"，她的魅力同样不必经男人的口来总结；鲁迅先生问她"怎么报答"，这突兀且极具挑逗的言语，像是电影中的一个意外，紧接着得到的结果又是令人灰心的自问自答，显然与整个电影有些格格不入……作为一部独立的文艺作品，无论是大的铺排还是小的细节，都应从作品当前的整体需要出发，为的是谋求一个相对完美的艺术呈现。

2013/08/12

不带钥匙的男人

　　"三个女人一台戏"，这是女人的擅长，也是女人的快乐所在。不要说三个，两个女人，也能唱一台大戏。若是将此处的"女人"换作"妇女"更好，从字面上能更直接说明问题。若再具体一点，这些妇女当属已婚，本职工作是所谓的相夫教子，业余爱好是聊天。谁都知道，爱好这东西说是说业余，实则不然，人一旦主观上对某件事情产生兴趣，不用说，一定比本职工作干更起劲。至于东家长西家短，这里面包含着妇女们的认识和评判，是非曲直，青红皂白，倾向是明确的。特别神奇的是，妇女们的认识和评判往往能够迅速达成一致，而且难以撼动，即便其中哪位有所出入，也会悄无声息向广大妇女看齐，与她们站成一队，似乎只有裹在群众中间最是安全。

　　今天，车里连我一共4位妇女，不多不少，一桌麻将。没错，我们的目标正是麻将馆。除了打麻将，我和几个姐妹一起还真没正经干过别的（她们几个倒是偶尔逛逛街买买衣服），即便吃饭、聊天、看电视剧，也是因为人没到齐，不能干等着。身为已婚无业尤其无子的妇女，按说我比她们更无所事事，可我始终无法融入她们的队伍，保持着一种半游离状态。可以说，麻将是我们的共同语言。

麻将的路上是幸福的，老公孩子都安排好了，剩下的是尽情地玩，尽情地聊。一上车，妇女们便上下南北，谈笑风生。府佑路口等红灯的时候，R说起她认识的一个女的，其老公每次出门都不带钥匙，她怀孕身体不舒服的时候她老公也这样，三更半夜喊她起来开门。就算她把钥匙塞进老公包里，她老公也要拿出来，反正就是要她给他开门。话题一出，妇女们聊开了。"这不明摆着吗，你TM就得老老实实在家待着，哪儿也别想去，乖乖等老子回来。""这种男的，自己肯定有鬼。""有句话怎么说的，只许什么放火——""只许州官放火，不许百姓点灯。""哎呀，男的没几个好东西。"……我无法加入这样的聊天，表面的原因是我们家荡子，恰是一个不带钥匙的人，这是众所周知的事情，好几次我在外面打牌，他都跑过来找我拿钥匙。然而荡子的不带钥匙，又是与众不同的，他几乎什么都不愿意带（除了不离手的烟和火机），甚至钞票，常常是下了楼，我急急地打电话问他带钱没，他便在楼下等着我将钱并一块小石头用信封扎好扔下去。荡子喜欢口袋里空空的，不存任何多余的东西，一回到家，烟和火机也会被他扔向餐桌。若是出门要带书报之类，他宁可背上大大的书包，我便会将钥匙放在他的书包里。我不能想象一串钥匙在他裤腰上晃来晃去是什么样子，那还是他吗？便是他自己，也无法想象自己那样一种装扮。至于她们所说，不带钥匙的男人肯定心术不正，我倒是决不为此操心。夫妻之间靠的是信任、尊重和觉悟，而不是管，更不是防。管和防只能针对堕落之人，是无奈之举，即使有效，也是被动而有限的，该发生的还是会发生。一串钥匙不该锁住女人的双脚，不带钥匙也不等于放纵男人。从来就没有谁规定，女人只能在家等待男人，进而愚蠢地为他胆颤心惊。此时，Y笑嘻嘻地转过头，半捂着嘴对我说，"东哥（荡子）

也是个不带钥匙的人。"当然，我不认为 Y 的笑里带着某种揭示，更不会有胜利的嘲笑，对荡子的性情，这帮姐妹中间她是最了解的。我微微一笑。

我确信每个妇女都有自己的生活体验，我的生活体验无法沟通和启发她们的幸福，我的补充或许在她们看来只能算作包庇，甚至自欺欺人。我确信每个妇女都有自己依赖的生活真理，她们的生活真理显然不可能成为我的生活真理，我的显然也不可能成为她们的。譬如她们津津乐道于那些吵吵嚷嚷你死我活的连续剧，爱死了这个角色恨死了那个角色，而我只能从中看到忍无可忍的无聊，因此我永远也插不上嘴。再譬如，光说不要孩子这条，我想就是她们无法承受的，搞不好会全线崩溃。说到底，我的幸福和她们的幸福不在同一口锅里，我不会夹她们锅里的菜，她们也不会夹我锅里的菜，幸福就是各人守着各人的那口锅，各人夹各人锅里的菜。

第二辑　之　后

晨跑，或散步

　　第十三天，没了荡子的第十三天；第四天，我开始晨跑或者说散步的第四天，心仍然是一个巨大的洞，无时无刻不在被掏空。我试着打开久违的《九雨楼札记》，看看能否写点什么。

　　晨跑是我强加给自己的一个仪式，也是和好友李风拥别后冒出的第一个念头。夜半醒来，睁着漆黑的眼睛，无滋无味的泪水一行行落下，我等着天亮。生，或者死，我有的是时间；而荡子，一倒地，便让时间凝固。我无数次跟他说过，我要死在他的前面，每一次，他都答应得飞快，不为别的，只因他懂得我的聪敏和害怕。我深知，对于顽固的不谙风景的自己，晨跑并不是方法，然而填这种洞似乎没有方法，我也不知道人们常说的时间这剂良药在这里管不管用，掩耳盗铃也罢，我实在找不到把痛挨过去的方法。

　　这两天的晨跑有母亲陪着，她走路，我慢跑或漫步。自始至终，我是个哑巴，一句话也不会说。母亲总是我最好的安慰，在我需要的时候就来了，而我往往无情地将她打断，甚至无耻地把她遗忘。增江边的绿道依然澄谧，三四年了，我还是年初的时候陪母亲第一次来过，再次踏上竟是荡子离世之后，我希望通过河水和绿道打开每一个空洞的黎明。河水和往常一样波澜不惊，偌大的太阳从对岸的山后慢慢升起，早钓的人们圈着各自的地，不紧不慢地忙活着，仿佛这里是他们的家园。我的一生中，不知会不会有那么一天，也在河边坐下，像他们一样，等鱼上钩，一等就是一个上午。再过十年二十年三十年，我们都不在了，太阳仍然会像今天这样，忠诚地照耀在增江河面。人既然要死，为何要生？要代代繁衍？要承受劫难？现在，我只好相信，阿斯加的牧场，阳光静好，至于荡子在不在那里，并不要紧，因为在理想的国度，幸福从来都是一样，金色的秋天会把每一个角落照耀。

母亲停下来，摸着一根冲天的竹子说，"这些都是新长的，竹子发得好快，一发发一窝。"还有那颗龙眼树，母亲仰起头，称赞它长得好。母亲说话的时候一律先看看我，又像在自言自语，可惜大地上所有的生灵，都无法进入此时的我。如果可以，我愿意成为一棵树，一条小溪，一抔尘土，或者一盏路灯，机械地立在那里，随需要的手移来移去，满足了他人，无所谓自己。要不，成为那个垂钓的糟老头吧，一包烟，一盒冷饭，守候一尾鱼的到来。

今天，我跑得更远一些，跑过那淡黄色不伦不类的似别墅似鬼屋的二层楼，跑过一个木亭，两个木亭。连续四天，我一天比一天跑得远，每天我都有意选择在不同的地方打转。我不知绿道延伸下去还有多长，我只想抵达一个我不曾抵达的地方，让眼睛装进一些崭新的风景。然而，一路上，荡子从各个方向朝我走来，我则一字一句地将要说的话默默地念诵。近几年，我和荡子极少散步，我们大部分的散步都付给了初识的年月。荡子说，增城的大街小巷我们都走遍了，然而八年过去，我仍然说不出那些街巷的名字，连著名的白水寨也只有一次过门而不入的经历。我和荡子的心从来不在路上，它们最大程度地留给了一颗颗跳跃的心灵，他人的，以及自己的，这点上，我们有着惊人的一致。

河边横七竖八着一堆新鲜的啤酒瓶，昨天还不曾见到，大概是夜里的遗物。有人失业了，有人失恋了，有人背了黑锅，有人背了良心……人间的苦痛是那么沉那么多，把自己灌醉，瞬间的幸福也是必要的永恒。迎面而来的大黄狗，与它的主人肩并肩，跑出相同的节奏。我侧过身体，为它让路。我和荡子从不曾想过养只猫养只狗，当精神和自由成为第一守则，便是一个真实的孩子也不能带给我们本质的快乐。然而此刻，我最大的遗憾是荡子没有留给我一个接替他活着的孩子，或许那会是我坚持下去的勇气，卑微的寄托的一种。再往前跑，一个空瘪的盐焗鸡翅包装袋和一个营养快线的空瓶，随意地躺在路与河之间的地上。零食的散步是甜蜜的，甜蜜就用不着害怕。多么好，什么都不用怕，就算天塌下来。

害怕，我不能说；哀伤，我也不能说。当朋友们第一时间从四面八方赶来，当世宾泪流满面地写下悼词，当可君说他很虚弱原谅他不能前来与荡子告别，当鲁橹在离去的列车上发来短信说最后悔的是没有早一天认识我，当希越说好喜欢九雨楼以后也想当作家……当如此多的朋友默默为荡子奔走、祈祷、无眠，当成百篇纪念荡子的诗文一并涌出，当一个个陌生的短信和电话打给我，有的仅仅只是希望在追悼会上念到自己的名字，他们希望自己的名字最后一次和"东荡子"联系在一起……我还能说什么……痛，是最轻、最矫情的汉字，"一片树叶离去，也会带走一个囚徒"（东荡子诗歌《一片树叶离去》），还需要我说什么……浪子在文字里说我连日未眠但精神尚好，那是我真实的写照，我并不想将我的痛示众；世宾前晚从南沙过来看我，我滔滔不绝，第一次与他聊了三个小时，似乎只有尽情地聊，眼前就不是眼前，情感才会止步，理智才会向前，未来才能获得鼓舞。沉默也好，滔滔不绝也好，眼泪也好，感动也好，我愿望和所有热爱荡子的朋友一起，从那些飞翔的诗句里获得最终的鼓舞。

离开景观大道，母亲坚持去小菜场买点新鲜蔬菜，虽然一天下来往往是扔掉。荡子走后的第 7 天，母亲见我吃下第一口米饭，于是每天按时准备着，红枣、桂圆、红薯、银耳、百合……稀里糊涂的一碗又一碗，不失时机地来到我面前，我稀里糊涂地喝几口，喝不下就又倒了。我坐在保安室等母亲，呆若木鸡……荡子背着黄书包远远地笑着向我走来，他故意腿一瘸，做个鬼脸。我咬咬嘴唇，泪如泉涌……荡子不止一次地说过，"就算我妈妈突然死了，我也不会哭。"我完全理解他不纠缠于人间悲喜的神一样的情怀，可我还是不止一次地跟他说，"我死了你也不要哭。"这显然的废话，现在想来，是我和荡子之间不多的废话之一。

2013/10/26

最后的夜晚

10月10日，往常一样，我们七点开饭。选择七点开饭，起先是我的有意，久而久之，也就成了惯例——每晚7点是南方卫视抗战片开播的时间，这天播的是《我的抗战之猎豹突击》，又一个毫无疑义的烂片，然而一般情况下，再烂再臭的抗战片，荡子都可以一集接一集地紧追不舍，也不介意从第几集看起、中间断了几集，似乎只要屏幕上晃动着打鬼子的画面就行。有时候，看完两集不止瘾，叫我立刻上网搜索，接下来便是一夜到天光。待我清晨睁开眼，盛麻辣花生的玻璃碗空了，杯子里的白开水所剩无几，烟灰盅内留下四五只烟头（房间狭小，窗户紧闭，他不好意思抽太多），我真是服了他——摸清了荡子的底，我像是大权在握的神，不费吹灰之力便能把他从象棋的迷局中拉回来——我实在有些烦他下棋，没日没夜，几个钟十几个钟一动不动，手上的烟一只接一只，顺手的茶还得提醒他才喝一大口给我看（上半年他查出两颗绿豆大的肾结石，医生嘱他每天喝五六大杯水），电话来了也是草草对付，对方说什么事后也模模糊糊。"吃饭啦，开始了啊——"我将电视机音量调大，"听到 ——""好，快了——等一下下啊——"然而无论电视里如何刀光剑影你死我活，最后一盘象棋还是丝毫马虎不得

147

的，有时电视剧放了十多二十分钟了，他才匆促赶来。这天荡子津津有味地吃下两碗饭（如不自我控制，还可以吃一碗），盘腿在沙发上，边点烟边看电视。抗战片里常常是几张老面孔，瞟来瞟去我都眼熟了，然而他看了几百集，也认不出几个，便是上部片子里的演员，他也浑然不觉，待我提醒，他才有所知觉。生活中他也是这样，有的人同一张桌子吃过三四次饭，他也没什么印象，等到对方说起，不免有些尴尬。两集电视剧完了，广告开始，荡子走去书桌前，在宣纸上信马由缰起来，无外乎"天地玄黄，宇宙洪荒……怀素家长沙，幼而事佛……圣代无隐者，英灵尽来归……"买回来那么多帖子，他也曾正经地背过几十首唐诗，然而每每提笔，仍然是这几篇。

当荡子返回沙发，再次对着电视机的方向躺下，我平日那样，就着他的身体正要侧身靠下去，他却没有平日那样向里挪开身体，腾出一线空地来，而是轻皱眉头说，"有些胸闷。"同时右手按住左胸。我连忙坐起，问，"有事吧。"他摇了摇头。这样的胸闷，在他出现过三五次，在我倒是有时有发生，不过一两分钟就好了，谁都没有放在心上。

荡子照样盯着电视调频道，我照样坐在他的脚头，他双腿搁在我腿上。看了会电视，没什么意思，我开始千百次那样地与他逗乐，"你说洗碗啵——"不等他开口，我又千百次那样地抢着说，"同意我就洗，不同意我就不洗。"洗碗从来是我的事，也只能是我的事，必须是我的事，除非好友阿睿在，收碗洗碗她会不由分说地大包大揽——阿睿说她喜欢洗碗，说得多了，我也就不再客气。有人说阿睿贤惠，并非真的喜欢洗碗；我倒是愿意相信阿睿真的喜欢洗碗，即便是客套话，我也应该成全，何况对我来说有人洗碗是天底下再好不过的事。我从来不曾想像荡子洗碗是什么样子，就像我从来不曾想像我父亲提着菜篮子在鲇鱼须街上晃悠一样，似乎每个人来到世界上，就该有不同的分工。而我洗碗是要看情绪的，有时吃完饭不想动，便把碗堆在水槽里，等想动的时候再说，不过决不会留到第二餐——碗没洗，我心里总归惴惴不安，因此水槽里的碗不会等得太久。有时候荡子会说"不同意"，我就听话地继续懒懒地待着。这天荡子说的是"同意"，相互握完手，我随即行动起来。事实上，他同不同意，我都得赶紧把碗洗了——时间不早了，我想赶紧收拾完，窝去床上看电影。

近两个月，睡前看电影成了我们的热衷，只是苦于难以搜到符合共同口味的电影。最近看过的印象比较深的有《狩猎》、《樱桃的滋味》、《什么是生活》、《旱季》、《接班人》、《时时刻刻》、《英国病人》、《决战犹马镇》……有时看到一半，我实在撑不住了，第二天一早他就将情节细细讲与我听。搜索一般是我的工作，我实在没信心了，就让他来。这晚我搜到的法国电影《谎言的颜色》，待广告播完，我展开全屏，按下暂停。

我洗完澡，去阳台晒好衣服进来，荡子丢下毛笔，有些些沮丧地说，"哎，练不出来。"我说，"真的？"他说，"冇感觉。"我说，"休息休息，过些天再看。"事实上，整整一个夏天，荡子毛笔都没有拿过。我一直以为练字的事并非荡子能做的事，练不好太正常了。或许增城的书画氛围对他有着直接的影响，朋友们在一起，常常交流各自的书法经历与经验，基本都是从楷书练起，荡子则不走寻常路，只写草书。准确地说，荡子只能练草书，那些循规蹈矩的事对他无异于折磨。荡子是一个连表格都填不了的人，一见到条条框框他就无所适从，字总往格子外面跑，练不了楷书纯属自然。按荡子的说法（凡事他都有自己的说法），楷书练得再好也不可能有自己的发挥。前两年，看他搬着厚重的字典，正经地研究起草书，情绪高涨时甚至一声不吭地独自熬到深夜，还真是大大出乎我的意料。既然荡子用了心，那么，在我这里，他得到的永远只能是鼓励和表扬。

我准备好咖啡和花生米，放在床头的小圆桌上，荡子则拿来烟和烟灰盅，靠床的外侧躺下，将枕头叠起。我按下鼠标，爬到床里头，被子垫在背后，舒服地靠在墙上，双腿搭在他的腰上。

电影一开始就吸引住我们：向晚的海边，昏暗的天空，石头的房子，白色的栅栏，画风景的丈夫，厨房里忙碌的妻子，愉快的微笑，温暖的迎接……然而当那个跟丈夫学画画的小女孩遇害之后，一切都变了，怀疑、徘徊、猜测、恐惧、失望、麻木、空虚……尽管拥抱还在，拥抱的背后却是沉重的孤独……信任与背叛，尊严与屈辱，真相与谎言，我想说，真的不那么重要，可是投身既简单又复杂的漩涡里的人，有几个不在情感中煎熬。人世间没有哪一种情感是一加一等于二，丈夫与妻子，犹如针尖上的舞蹈，小心翼翼，表面的风平浪静，丝毫掩盖不了暗流汹涌，所有的所有都挤压在海边这片巨大的灰色里……途中，我和荡子只有几句简短的交流（我问他答），仿佛一旦交流，就会错过电影中的细节，我不想错过任何一个探索心灵的细节。电影快完了，我们噼里啪啦聊开了，尽是些感叹式的对比式的遗憾式的赞美。我说，"要是妻子那件蓝色连衣裙败露的方式自然一些效果会更好。"荡子也这么觉得。电影的结局在我们想像的必然中到来，似乎它已然无关紧要，我记下的是丈夫和妻子各自的在意与疼痛，如此真实而可怕的怀疑与默契，两个人仿佛长在一起，令我有些动弹不得，我甚至将丈夫和妻子比作我们自己。我们的未来，是否能够做得更好，我又一次愿望我们的未来只留下愈发素朴的美好……这大概是我们看过的最符合共同情绪的一部电影。荡子说，"好了，睡吧。"意思是，到此为止，不看别的了——通常，他会再找部电影，边看边睡。看来，他和我一样，是满意的。我下床，特别留意了导演的名字：克劳德·夏布洛尔。我和荡子一样，向来不大关心那些即便红得发紫的尤其是外国人的名字，在我们的思想里，好的作品本该指向人性的深处，给观者以思考和享受，至于它来源于哪个具体的脑袋并不重要，况且那些长长的拐七拐八的外国名字实在拗口。

关闭电脑，已是深夜一点。微光中，我回味着电影里的片断，荡子的鼾声呼呼传来，我轻推他一把，他侧转身，鼾声随即小了许多。

2013/11/06

最后的白昼

　　10 月 11 日，七点刚过我就醒了，醒了就意味着再也无法继续安然地睡下去，无论夜里睡得多么晚，这成了规律。荡子睡得正香，鼻翼和嘴唇微微翕动，气息均匀，仿佛初生的婴儿。我断了打搅他的念想，翻来侧去，不想下床……然而不把他弄醒，我又有所不甘，想个什么办法而不致他恼怒呢？直截了当地撩拨无疑是粗鲁的，当属下下策；假装自己仍在梦中，无意间将手脚搭在他身上直至他"自己"醒来，这一招虽然可能蒙哄过关，终究是造了假，内里的不诚实，是要遭受良心拷打的；这两种方法我都曾试过，并不高明，也没什么意思。无聊至极，我向里挪了挪身体，和荡子拉开距离，端正地平躺好，直视着天花板。当一切准备就绪，我挤牙膏式地，一字一顿地背起诗歌来："喧－嚣－为－何－停－止，听－不－见－异－样－的－声－音／冬－天－不－来，雪－花－照－样－堆－积，一－层－一－层（yī cén yī cén）"背到此处，有人开腔了，以他更滥的普通话无比认真地更正着："一层／一层（yì chéng/yì chéng）"他的眼睛没有睁开，脸上分明露着甜蜜的笑。荡子彻底醒来，我无不得意地笑了。以这样的方式将荡子吵醒，在我是头一次，看似水到渠成，思来又有些奇迹，犹如神来之笔，或许这其中依凭的是多年来我对他的了解。

我们这里那里聊了会，我先下床。洗漱完，时间还早（不到八点，我的意识中凤凰网的新闻通常过了八点才会批量更新），也就免了通常的给他播报新闻的这一环节。荡子也起床了，后园里转了会儿，来到书房，重新一张张铺开宣纸——年初开始，我不许他在报纸上练了。报纸上练惯了，轮到宣纸，他怎么写都不对劲。毛笔也是，朋友送的自己买的毛笔一大把，结果他还是只盯着历史最悠久、中间的毛几近脱光的那支。

我烧好茶，给荡子冲了杯咖啡，自己则倒了杯白开水。接下来到底吃早餐没有，现在我始终回忆不起，或许因为那是个平常得不能再平常的早晨，是无数个早晨中的一个。而我们吃早餐是要看情绪的（我们似乎干什么都随心所欲），唯有有朋友在，早餐才是必须吃的，并且由他亲自下厨，展示他煮面条的手艺。十分确定的是，我端着白开水进入房间，打开电脑，我想最后花一天时间把剩余的任务完成——医院托荡子编几本书，我的工作是校稿，都忙了好些天，原以为全部校完，不料前一天才发现后来增加的部分还没校——我是典型的一心不可二用，但凡有点小事牵扯，就无法安下心来做别的。当我浏览完凤凰网新闻，点开书稿，听见荡子在洗手间喊我。

我直接上客厅拎起小藤椅，在洗手间外面的过道端坐下来，这样正好与蹲在那里的他面对面——我们常常在这样的状态下畅谈，内容多半与创作有关，看似随意，实则认真、有效。我一直认为这是个不错的场合，既解决了问题，又愉快地打发了时间。这也是两人世界的优越之处。意外的是，这一次谈的是琐事。荡子取下老花镜，丢开报纸说，"我看啊，客厅那个灯泡还是换了，报纸上的字都看不清了。"其实，换灯泡的事荡子提过两次，我并没有放在心上——客厅自从几年前换了一台仿古带灯吊扇，原先的一盏灯变成了三盏，三个节能灯泡加起来将近 40 瓦，而且是白光，比我钟爱的黄光明亮了许多，起先我还适应了几天。荡子之所以选择这时再提换灯泡之事，大概他对我的某些小坚持有着深刻的认识，他希望我从思想上重视这件小事，尽快把它办了。荡子的郑重其事，令我生出一丝弱弱的愧疚。我想着稿校完就下楼买三个大灯泡回来，亮堂堂的心情比亮堂堂的客厅重要得多。

我再次在电脑前坐下，荡子在我身后行动起来，穿衣、拿烟，一边问我要不要去石湾（看房）。我不假思索，不去。前几天我们去过石湾，看了两套房子，没什么感觉，第三套倒是极有兴致，是二楼带大露台的那种，前面还有条长长的河，可惜晓青急着赶回单位开会而没看成。荡子的意思是再去看看那一套。我想看看也不过看看，并不会有什么结果——头一天真珍（荡子的大妹）给我们在公园上城预订了一套，我喜欢那里的草地山水和错落有致，荡子也说"上城"这个名字好，还说我以后的作品就叫《上城记》也不错，只是那个房子并非他的理想。再有，我一门心思把手头的稿校完，免得总有一条尾巴揪着我。

荡子又去外面的书房写字了，其间接了几个电话，大概准备出门了。我专注于电脑上敲敲打打，以为荡子走了，谁知他的声音传来，"米，过来过来。"挺紧急的。哎，又发现了什么新大陆，我期期艾艾地过去。荡子盯着台面上刚写下的几张毛笔字，伸出右手，搭上我右肩，"这几张你一定要看。"我门外汉一个，能看出什么道道？仍然是怀素的《自叙帖》，我从头至尾走马观花一遍，装模作样地说，"嗯，不错。"荡子立马兴奋起来，"还行吧，这样下去……"我心想，昨晚还灰心丧气呢，一觉醒来就前程似锦了。我拍了拍他的肚皮，"这样下去，三五年还得了啊（从2005年荡子开始提笔起，常挂在嘴边的一句话就是，再过三五年看我的毛笔字）！"看着那几张字，荡子依依不舍，想必信心陡增。直到我们退出书房，经过客厅，来到门口，他的右手才从我肩膀上欢喜地放下。荡子推开栅栏，我目送他出门。当他下了两三级楼梯，我问他"手机带冇。"他头也没回，"带了。"我又说，"开开心心的啊。"他高高地扬起右手，向我挥了挥。仍然没有回头。

接到荡子的电话是下午四点零二分，他说，"我病了，你下来接我。"我说，"好，我穿衣服哆。"荡子平时让我下楼接他，多是因为喝了酒，或者手上东西太多。他知道我虽有怨言，到底是情愿的；便是他不说要我接，他按下门铃之后，我也常常下到六楼甚至五楼，陪他一道上来。这一次似乎不同，他说他病了，语气直接，说话无力，一点不像在开玩笑。我以最快的速度脱下睡衣，穿上文胸，再次套上睡衣（换别的衣服太慢了，况且只是下趟楼），拿上钥匙，趿着拖鞋咚咚咚咚快步下楼。保安室门口不见人影，我朝大路口望了望，也没人，我又走到保安室后面的小路，仍然没有。我再次回到保安室，问保安见到荡子没有。保安说没有。我又问，"你认得我老公吗，两撇胡子的那个。"保安说认得，并且确定没有看见。我向大路走去，左右望了望，还是没有。此时，一个不好的预兆突然降临于我："他既然病了，会不会倒在路边无人识。"我再次前后左右望了望，我有些慌了，于是向小卖部的女店主借了手机。电话通了，没人接，我感觉非常不妙。当我第三次拨过去的时候，传来一个男人的声音："到中医院急救室来，赶紧赶紧！"我一下子蒙了，扔下电话，往楼上飞奔，一路想着，荡子被急救的样子。跑上六楼，我实在跑不动了，浑身发软，双腿发抖，喘着粗气，全身的血液都凝固了……我哆嗦着开门，换上随手的一条格子裙，带上抽屉里的 5000 块钱，换上人字拖，朝楼下飞奔。下到一楼，我一面向摩的招手，一面用颤动的手拨通阿青的电话。阿青在报社（报社紧邻中医院），我让他赶紧去中医院。我赶到中医院大概是 4 点 20 分。荡子平躺在那里，嘴里插着管子，身上连着吊瓶和电线，由几名医生围着，轮流按压其胸部。荡子的双眼尚未完全合上，已看不出任何生命迹象。我一片空白，然而又有一个信念支持着我，既然那么多医生围着，一定还有机会，还不至于……我由急救室而外面走廊，外面走廊来回了两次。我问赶过来的健球（中医院的专家，几天前我们还一起吃过饭），健球说，"小雨，你要有心理准备，这种病一般 5 分钟没救过来就……"我再次走进急救室，摸了摸荡子的手，已然冰凉。我开始给真珍打电话，真珍让我赶紧送广州的大医院。我一下子清醒过来，"人都没醒过来，怎么可能送广州啊。"正是从这一刻起，我开始认定这突如其来的现实。我无数次进出急救室，看看荡子，看看医生，凌乱之中，我又异常清醒，开始给朋友们打电话……我哭哭停停，坐坐起起，进进出出……医生宣布停止抢救的时候，我拢去荡子身边，摸了摸他的手，又摸了摸他的脸……替他合上了眼睛。

这些天，我仿佛上帝的遗物……

　　这些天，不论在路上，在街角，还是在阳台，在电脑前，总有个影子绕着我，打我旁边经过，朝我微笑，既不开口，也不前来打扰。恍惚中，我一点都不惊慌，更不会害怕（那些从前想像过的害怕完全是臆想），也不打算逃脱，任飞鸟来了又去，我甚至有意随鸟儿飞去。这些天，只要独处，我无时无刻不在和自己交谈，一句一句，断了，接上，又断了，又接上，像散文，也像诗。这些天，那个柔软的灯芯绒枕头被我叠起又打开，台灯被我打开又关掉，书本被我打开合上，合上打开，一夜不知要折腾多少遍。这是内里。

　　在外里，我的电话和短信多了起来，朋友们还热情地帮我开了微信（理论上，我无意拒绝那些新鲜的事物，也绝对相信它的便捷与好处；现实中，我是完全的迟钝者，因为无法热衷起来，我常常称自己为电子盲），一下子，荡子的朋友，我的朋友，我们共同的朋友，认识的，不认识的，涌了过来，安慰与缅怀，唏嘘与感慨，大家形成一个更加紧密的圈。这个圈原本就有的，只是荡子的猝然离去好似有人突然将腰间的绳子束了一把，使得林立各处的身心靠得更近。不善言辞的我，不得不在睽睽之下，或吞吐或流畅地说出我的感动。这些感动是切实的，是我不曾集中体会过的，它们那么真，物质一样，积于我胸，历历在目，以致我必须站出来一一认领，犹如认领一份份珍贵的奖赏。因为我明白，这是在人间，善的人间，暖的人间，我依然身处并且还将身处的人间，伸手就能看见五指的容不得我有半点怀疑的人间，我应该和所有健在的人们一起，趁着这侥幸的偷生，替逝者分享偌大的亦地狱亦天堂的人间。然而有些时候，我仍想回避那些善的眼神，我多想像往常一样，和他们点头、微笑、远远地走过。此时的我甚至变得主动起来，目的是让他们的脚步继续前行，让他们把想说的话咽回去。我迎接并接受着一束束和悦的目光，虽然它们的不时冒出总要提示什么，如果真的如我所料，我想他们提示的必定是良好的祝福，祝福我，正如祝福他们自己，祝福世上的每一个人。我喜欢那对卖猪肉的中年夫妇，一个劲地招呼我"老板娘（任何一个妇女他们都这样招呼），咦，好久不见"；还有楼下那个刚上一年级的小女孩，蹦蹦跳跳，"阿姨阿姨"地叫我，小女孩胖乎乎的，比任何时候都可爱；更有，那个每天独自晨跑、和我年龄相仿的女人，她不是与我齐头并进，就是与我擦肩而过，她不必知道我最近失了爱人，我也不必知道她正梅开二度。世界就这样和平共处，一个个陌生人，就是一群互有灵犀的朋友。

这些天，我感觉自己特别轻，有的时段，我轻得几近于零，肉身恍若虚无，全然从体重中抽离。这些天，我仿佛流落人间的遗物，只能走丢的孩子一样乖乖地在原地死守，静待上帝的召唤。同样成为遗物的，还有我深深的九雨楼，这里的一草一木，一桌一椅，离开了它精心的主人，剩下的只是一个壳，一个没有血肉没有核的空壳，怕是要不了多久，它也要随风飘去。可是我的心还在机械地跳动，我并不想成为遗物，尸体一样陈列在冰冷的格子。这一切的一切，似乎又都由不得我。想想我亲爱的故乡鲇鱼须，它明明就在那里，我却再也回不去，这照样由不得我。

我相信遗忘，相信麻木，相信时间是块难啃的骨头。我也相信铭记，相信理想，相信时间可以随时被自己扔进河流。我相信活着，也相信死去，相信活着靠的是那么一丁点意气，相信死去没有他们说的那么沉重。我相信瞬间，也相信永恒，我相信瞬间就是永恒，永恒就是眼睛一眨，就是一秒。我相信太阳的光芒也会消散，人类不过一只只蝼蚁，我宁愿做一只忙碌的蝼蚁，沉浸在小小的甚至盲目的奋斗里。我又相信山上的石头，我宁愿做一条呼吸的水草，把流浪的冲击当作一次次冒险的远行。我更加相信，生存是一场被动的游戏，可我愿意像童年那样，将小小的游戏进行到底，求求你千万不要把气球戳穿，告诉我气球里根本没有秘密。

母亲说，为什么这样的事就落在我们身上？在我听来，这句话的意思等同于，这样的事为什么就不能落在我们身上？既然痛注定要落在人间，像爱一样，要人来承受，为什么那个承受的人不能是我，既然我是无数个人中的一个。我要像当初承受爱一样承受痛。有了爱和痛，才有绝望的恋恋的人间。爱和痛，我都能承受，而且我还能承受更多更久。想想落在人间的第一天，多么美好，我们没有抱怨，没有要求，没有希望，没有未来；落在人间的第一天，我们只有感受，感受兴奋与饥饿，感受怀抱与疲惫，感受这个悲喜交加的世界，多么自然；落在人间的第一天，我们见到皇帝不必行礼，见到乞丐不必施舍，多么公平，皇帝和乞丐一模一样。最好不要等到某一天，我们终于懂得，抱怨和要求是痛苦的，而这纠缠的痛苦和可怕的倒退居然由我们亲手造成。

2013/11/20

从九雨楼开始的写作

　　荡子最后一次完整地读我的文字大约是 2011 年底，那篇《让
每一个清晨将我带走》。那天在小房间，午休的床上，我们聊到笙
哥，聊到笙哥走后朋友们写的怀念文章，荡子突然问我都写了些什
么——笙哥走后的 7 月，《挂绿副刊》组织过一个纪念专辑，当时
荡子正应惜爱之约为笙哥即将出版的作品集《岁月场景》代序那篇
《逗号和双倍的孤独、双倍的痛》，他也是个分不得半点心的人，
我便自告奋勇写了一篇。事情过去几个月，荡子的好奇在于我和笙
哥算不上十分熟，不过见过几次面吃过几顿饭，接触到的只是表面，
他且清楚，应景之类的空话套话我又做不来。事实上，荡子好奇的
背后是一层弱弱的担心。我兴冲冲地下床，找到电脑里的这篇文字。
荡子披着衣衫，坐下来，点上一支烟。

　　一般来说，荡子读我的文字，既是我的主动，更是我的自残，
而这样的自残又实在称得上一种享受。我每每怀揣一颗忐忑的心，
坐在审判席上，然而心已经交出去了，只能任其宰割。我深知荡子
对作品的苛刻与严谨，深知他的认真与诚恳，深知他的口无遮拦，
同时，我深知自己能力有限，很多问题我还不能明确地意识到，即
便意识到了却找不到恰当的表达，无可奈何的那种。处于这样的写

作途中的我，想在荡子那里得到认可，绝非易事，我的自信自是无法圆满。这样的时刻，我的身份只能是也必须是朋友，他无数个朋友的一个（面对作品，无论是亲人、熟人，还是半生不熟，或者陌生人，在荡子眼里，他们从来都是同一个人）。我的这种焦虑，一众写作的朋友在荡子那里都体会过，有的会明明白白告诉他，而我从未向他提及，也不知他知晓几分，抑或根本不去知晓。大部分时候我写我的，他下他的棋，他就在身边，闲得无聊，我也不拿给他看（只要我愿意拿给他看，他都会一字一句地读，完了郑重其事地给出意见），直到自己再也改不动了，便搁在那里。我是这样想的，一种思想或一个想法，你认识到了，它也客观存在，然而要真正消化它，将它落实在自己的写作里，需要一个过程，这个过程或许就叫悟性，有时候它会很漫长，我愿意等。对于写作，快乐的事，我并不着急，我有的是耐性。

文章不长，荡子紧盯屏幕，烟灰都要掉了……我靠在床上，尽量不弄出声响，摊在手上的书一个字也看不进去。我心不在焉，似乎全神贯注于静候佳音——尽管惴惴不安，大概的底我还是有的。我再也不会愚蠢地像从前那样，在他读我文字的时候啰里八嗦解释一大堆有关创作的动机，那无非是一番狡辩，解释越多，心越发飘。我的目光不时扫向聚精会神的荡子，鼠标被他慢慢滑动，像只蜗牛……他总是那么慢，一共才 1200 多字，急死我矣。终于，他转过身来，"嗯，就这样写。"我深深地松了口气，挺直腰背，抵在床头，暗暗得意着，还是忍不住地说，"冇得么子好写的，如果不写我自己？""嗯，写么子文章其实都是写自己。"看来，荡子对我多少可以放心了。那天下午，我的愉快是可以想见的，而愉快总是那么相似，用不着特别记取。我的愉快无外乎多了一分坚定，少了一分犹疑，后面的路且长着，我对自己还有诸多的不满意，我不能松懈，这一点我始终是清醒的。很多时候，人就是靠着那么一点点期待中的进步坚持着，活了下来。

我永远忘不了2007年的那个夜晚，在空旷的露台的一角，因为失望，因为不甘，零落的星空下，我的眼泪无声地流淌。要睡觉了，荡子在屋里找不到人，见我面朝栏杆，独自伤着心，过来问我怎么啦。我说写不好。"写不好就不写，还不简单。"荡子脱口而出。我真想一拳揍过去，照着他愚蠢的脸。整个白天，我都在练习《鲇鱼须》，写一段就叫他过来看，而他总要罗列一堆问题，起先我还试图说明自己的用意，后来越来越觉得它的苍白与虚弱，一再地说明无异于连续抽打自己的耳光，更要命的是，荡子说了那么多，我根本无从体会，脑子晕乎乎的，信心渐无。荡子的手伸过来，搭在我肩上。他粗壮的手臂重极了，我无法不感到它的分量。我一动不动，双手插在裤兜里，目视远方。在他看来，写不写并不重要，世界上没有哪样事情是非做不可的，绝对一点讲，每个人都是自以为是地活着。那好，我不写我干什么？我跑到增城，难道为的是重陷一场无聊的上班下班的循环，抑或一日三餐，填饱肚皮？泪水继续倔强地流淌，荡子替我擦了擦，"好了好了，写成么子样子就么子样子。"荡子开始妥协。

我慢慢地写，想写就写，写一篇算一篇。不想写就撂那里，看看书打打牌，烟火的生活仍然是主导。然而不管买菜做饭招待朋友，还是读书读新闻看电影电视，只要有点想法，我都会跟荡子聊，甚至争来争去，互不相让，严重的时候他去写他的毛笔字，我回我的电脑旁。最后的结果表面上各持己见，私底下无不引发我更深层的思考，进而是悄然的改变。这样的对峙往往持续不了三分钟，一个鬼脸一句歌声或者一顿饭就过去了。我对自己的要求十分明确：在现有的水平下必须做到，去掉所有自己能够发现能够意识到的毛病，争取力所能及的完美。而这一切的基础，且我完全能够把握的，当然是态度问题，朴实与诚恳是最起码。我的写作标准很简单，想想生活中自己喜爱的人是什么样子，他们无疑单纯、健康、悲悯、落落大方、胸怀宽广、不卑不亢……那么我就应该以这样的品性要求我笔下的文字；我讨厌造作、矫情、狭隘、装模作样、无病呻吟、泥沙俱下……那么这些品性理当在我的文字中消失；我喜欢男人也喜欢女人，我喜欢的人不分性别，那么要让我的写作更加宽阔，就应该立足于人的角度而不只是女性的角度，我的文字不该有明显的性别之分；我宁愿与一个敦厚老实的笨人相处，也不愿与一个才华横溢缺乏诚意的聪明人来往，那么我的宁愿和不愿就要在文字里一一兑现……几年来，我坚持以此为参考，既不急于给荡子看，也不急于发表，一段时间过去，自己回过头反复地读，不断地改。就这样，万事放下，我在文字中一点一横地漫步。荡子则安坐在自己的电脑前，跟我竞赛似的，开始了他悠闲的散文创作。他写散文的初衷，出于身体力行，给我一个示范和模本，而不再一味地对我的写作挑些我一时消化不了的刺。正是在这种情形下，荡子写下了几万字的散文，在他所有的创作中，2007年无疑是最意外的一年。他坚信，一个真正把诗歌写好了的人，散文不在话下，因此，他对自己的散文是骄傲的。尽管如此，他还是一修再改，绝不放过任何一个可能的漏洞。

当我不再茫然无措，为无法进入写作感到恐慌时，一切都变得安适起来。这种转变来得很快，07年上半年就基本完成，我《鲇鱼须》里一半的篇目，都在这一年完成。我曾悄悄发誓，有一天，我要彻底甩开荡子，写什么，怎么写，无需和他讨论、交流，全凭自我感知。既已方向明确，踏上循序渐进之路，写不写反而不那么重要了，它在一日三餐中，真的成了一个点缀，只是这个点缀不可或缺。

九雨楼的大部分时光都是闲散的，正如我任何时候想起岭南的冬天，除了温暖，一定不会有别的不好的联想。而享受这种闲散和温暖的同时，又会有一丝痛，时不时地偷袭我，那就是懒惰，以及我无法推进的写作。我不需要豪华午餐，然而时光一天天流逝，我需要早一天把自己多看清那么一点点，我需要自己的内心真正强大起来。现在，荡子甩开了我，并且甩得如此干脆，可是，我还不能把梦想扔在路边，不能把身体丢进大海，成为那滴蔑视神灵和光阴的水……

2013/11/30

称呼这件小事

　　采访的中途，希越突然问我和荡子之间怎么称呼，我稍作迟疑，回答了她。我的迟疑并非别的，而是一直以来我的意识里，称呼只是一个称呼，并不是个事，此时被敏锐的希越拎起，似乎成了个事，九雨楼里的事。不得不说，希越年纪虽小，却有着良好的觉悟，适合干记者这行。

　　不知具体从哪天开始，我和荡子有了相同的称呼："秒"，或者"米"，随口的事。这称呼仅限于我和他之间，出了九雨楼，或者有外人在，渐渐地我们也这样叫（有朋友以为我们在说家乡话）。既已习惯，就不易改口，再叫别的反倒别扭得很。要说这称呼的得来，源于省作协组织的一次学习，大概在 2007 年。那天晚上，作家朋友们聚在二楼的大房间闲聊，一个东莞的年轻作家调侃当下的报纸，说每天报纸一打开，不用看，头条肯定是某某（miǎo miǎo）会见某某（miǎo miǎo），某某（miǎo miǎo）会见某某（miǎo miǎo）……此人一字一顿，踏着节奏，脑袋左右摇摆，弄得满屋子人前俯后仰。也不知他们笑的什么，我和荡子笑的是，他把某某（mǒu mǒu）说成秒秒。据说那人也是我们岳阳的，至于岳阳什么地方，我没问，也不知道岳阳哪里的方言有这种念法，还是他的故意？从他的表情看，又完全不像，倒是下意识的。学习回来，某某（miǎo miǎo）成了我们的口头禅，有事没事某（miǎo）一下，不觉间，某（miǎo）成了彼此的代号。起先是某（miǎo）、某某（miǎo miǎo），进而衍生至"米"、"米米"，好似始终有只可爱的猫咪在其中作怪。发短信的时候，则一律是"秒"或"米"，久而俗成。

荡子的朋友可谓三教九流，他的称呼也就五花八门，荡子、东哥、老东是常见的几个，荡哥，荡子哥，东哥哥，吴大哥，波哥，吴波，东爸爸，东叔叔，荡子叔叔等等；小的时候，他们村里有个老头曾叫他"安"，在东荡村，唯独这个老头这么叫他，他不知这个名字由何而来，却一直秘密地喜欢这个名字；最近我还听到小虎称他小荡（可爱的世宾听着有些愤愤然，叫小虎别老是小荡小荡的）。这许多称呼中，荡子最听不得的是外面的朋友叫他吴波（家乡人除外），不是身份证和稿费单上时不时地提醒，他恨不得忘掉这个名字。一般来说，文学行当的朋友是不会这么叫的，很多朋友甚至不知道他这个本名，以致稿费单和挂号信常常要退回去。荡子曾跟我说，能不能把身份证上的名字换成东荡子。他不过说说而已，他也知道，去机关办事是一件无比痛苦的事，如果真去申请改名，我保准他不等办事人员说完就会掉头走人。一个出门连钞票和钥匙都不带的家伙，怎会有心情四处排队等人盖章呢。有一点大致是清楚的，在荡子的意识里，他多数时候东，东荡村的东。有次在书房，他大言不惭地对我说，"吴爹（他父亲）就是东太宗。"他骨子里的光荣，至少是属于整个东荡村的。我想他父亲若是听到这些，不定会直骂他不知天高地厚。

有着这样感觉的荡子自然对我十分理解。偶尔，他会跟朋友们笑说，"小雨不喜欢人家叫她嫂子。"他却不会跟人说自己不喜欢人家叫他吴波。叫嫂子其实也没什么，一个称呼而已，对我的听觉便是有过瞬间的刺激终是无伤大雅。我们生活在自己愿望的感官世界，并不代表我们必须对他人有所要求。嫂子这个人虽说依然指的是我，但它倾向于一种关系的提醒和暗示。在我的思维里，每个人都是独立的人，不管他（她）婚否，不管他（她）以什么样的身份融入集体。这种理论上的解读，作用到具体的人身上，会存在心理反应上的微妙差别，这就是人与人的不同。找到那个和你感受相同的人，和他同路，就好了。

我和荡子的区别又是显而易见的，举个例子：2010年我在成都生活的两个月，我和他凭QQ联系。他极少主动上Q，我发个短信给他，他便上来。他一现身，我便敲个"米"过去，他又回个"米米"过去，当我再敲"米米米"过去，他竟然敲了个"8米"过来。这意外又不意外的"8米"，将我鲠住。游戏被戳穿，只能就此打住。荡子就是一个这样的人，他积极参与朋友们的每一个游戏的同时，总是保持一个旁观者的姿态，第一时间抓住事物的本质，找到自己的路径。牵着别人的鼻子走，对他来说，反倒是自然而然的事情。否则，实在无趣的话，便会选择离开。这样的方式早已内化成一种惯性思维，渗透他的方方面面。入世和出世，这两道背道而驰的门槛，荡子总能随时随地，自由地跨越。

2013/12/16

蓝浴巾，绿浴巾

浴室里并排挂着两条浴巾，一深蓝一浅绿，深蓝是荡子的，浅绿是我的。深蓝薄而轻且大，浅绿厚而重稍小。

作为浴巾，我当然喜欢厚重。这浅绿浴巾是我几年前在华润偶遇的，颜色没得挑，只这一种。之所以选它，完全因为它的厚重，摸起来软绒绒的，兼备亲肤感和奢侈感。就算不用，只挂在那里，华丽而实在的舒服也能预见。

荡子的深蓝浴巾也是他自己挑的，在旧市场。旧市场是这样一个地方：整体面积不大，巷子纵横交错，铺面林立，小老板们恨不得把街心当作自家仓库，将乱七八糟的小商品直接塞到路人的眼皮子底下。这里的东西比别处便是便宜了几块钱，可看起来不大靠谱，掂在手里总让人半信半疑。一般来说，不是迫不得已（比如有种竹鞋垫，只那里有售），我不会去那里。从情感上来讲，旧市场和荡子倒是有着某种天然的吻合，这与买不买东西没有关系。若是此地行人稀疏，走起路来不紧不慢的荡子晃悠其中还真有那么点旧时代的意味。只是如今的旧市场过于拥挤，不紧不慢实在不合时宜，熙熙攘攘又是荡子极其讨厌的，因此这些年他也就去过三四次，而且基本都是路过，顺便逛逛拐角的那家藤椅店。蓝浴巾就是逛藤椅时买的，大是足够大（荡子买衣物首要条件是宽大），薄薄的，又轻，质地显然是不咋的，好在是纯棉，这是我能接受它的唯一理由。否则，我又要忍无可忍地动口劝他，他又要赌气地将它买下。

荡子是个怪人，比如短袖T恤，一年可以买十多件，同款不同色可以一次来它个三四件，结果长期穿的也就那么两三件，剩下的不是想方设法找人送了，就是打包给民政局。起初我的办法很简单也很直接——力劝，当我发现这种方法不仅不奏效，反而适得其反之后，我改作沉默，就算他征求我意见，我也毫不动摇，随他自己决定。我心想，折腾几回，他自会多些理智，少些冲动，可惜事与愿违。很快，我领悟到其中的原理，荡子买的不是衣服，是愉快，"冲动"也是愉快的，管它明天是教训还是遗憾。喜悦了此刻，也就喜悦了全部。何况都是些小钱，贵的东西荡子是舍不得的。既然人家买的是"愉快"，我有什么道理加以干涉呢？岂不是横刀夺人"开心"吗？反过来，想想我自己，买什么，不买什么，荡子从来不管不问，哪怕我想买的明显是一废品，隔夜就会扔，他还是会毫不犹豫地支持。"想买就买"是他常对我说的一句话。因为他懂得一个人的心是怎么回事，懂得活着是为了什么，懂得成全的意义。他常说的另一句话是，"适合我的衣服还没有设计出来。"言下之意，他买回来的是"愉快"，也是"妥协"。

蓝浴巾也不例外，是"愉快"与"妥协"的达成。绿浴巾，同理。当然，如果有耐心，会有更好的浴巾来到我们的浴室，与我们相处，可是谁也不愿意在一条浴巾上耗费更多的热情。浴巾的背后对应着心灵，是大事，可浴巾本身毕竟是小事，随时可推倒重来。坚持与妥协，落实到这两条浴巾上，到此为止，我们谁也不会过多地在意。要说生活中这样不起眼的事，睁开眼睛，全是。

有意思的是，关于这两条浴巾，一直存在一个误会，便是跳进黄河也洗不清。我那条绿浴巾吧，好是好，就是太麻烦，由于太厚颜色又太浅，每次用过之后都得拿到外面晾晒，否则湿的那块颜色一深，看起来就深一块浅一块，格外显脏，除非用一次就丢进洗衣机洗一次——鬼才那么勤快呢。因此洗完澡，我常常将就着，用荡子的蓝浴巾。倒霉的是，这事一旦被他捉到现形，他便一副胜利者的姿态，"怎么样，还是我的浴巾好用吧。"我试图一五一十地跟他解释，天哪，解释起来才发现，明明实实在在的理由，说着说着自己都觉得溃不成军，越说越像在骗人，弄得自己都忍不住笑起来。可气的是，荡子咬定事实不放，"既然你的浴巾那么好，怎么老用我的。"误会啊，天大的误会啊，然而我百口莫辩。于是，两个人你望我我望你，好一阵傻笑。只是我的笑和他的笑完全不是一回事，冤呀！

好在浴室里还有一件怪事，总算可以帮我伸伸冤，让我在明面上（我本来是冤枉，不存在与他扯平）可以跟他扯平。通常，浴室的塑料杯子里放着七八把牙刷，我的，荡子的，常来的几个朋友的。怪就怪在，我的牙刷一直被荡子盗用。这个秘密被我无意中发觉之后，我明确地告诉他，他的牙刷是哪一把是什么颜色。他点头，知道了。可是顶多不到两天，又回来了，他又开始用我那把牙刷。更神奇的是，每次我换牙刷，并没有告诉他，他照样能准确无误地抄起我那把新的，就像我事先通知过他一样。几次三番，我也懒得说了。这几年，我们始终共用一把牙刷。这事在我，是个永远解不开的谜。

剩下的是平静

2013 的最后一天，我并没有感到它与过去的一天有什么不同。此时，比昨天更暖的阳光透过七年前的玻璃窗，不动声色地照在我朝夕相处的露台，我穿着去年的厚棉袄，系着三年前的格子围巾，捧着丢不掉的暖水袋，坐在电脑前，出奇的平静。需要强调的是，此时没有风，没有风的阳光便是有效的，如同在人间，只有享受，而不存在一丝的不安。最显明的不同是，我再也没有像往年那样，每逢辞旧迎新之际便决心四起并黯然神伤，这大抵是非同寻常的 2013 教给我的全部。我的平静如此透明，无所谓黑与白，那些曾经强烈的梦想与忏悔，经过一场洗礼，渐渐从我的前途流失，怕是再也难以找到回家的路？我的平静又是到底的，无所谓好与坏——在死神面前，所有争论都不会有结果，继续缄默吧，你，将善与恶、光荣与耻辱、伟大与卑微等等这些人为的对比与胜负，留给喧哗的众生。

这样也好，真的，我的路上再也不会上演更加惨痛的剧情，即便山顶的石头凶猛地砸中头颅，那也没什么，它不过一件小得不能再小的小事。现在，我已经手脚朝天，赤身裸体，平躺在广袤的大地，再也不用担心掉入深井。悬崖峭壁、千钧一发、摇摇欲坠、奄奄一息，那是他们的处境，不是我的。即便真的暴风骤雨迎面袭来，也不必惊慌，那只是一刹那的埋葬，埋葬了，痛就不会太久。放心吧，那些大摇大摆专门出来吓人的毛毛虫、蟑螂、老鼠，我要单枪匹马，将它们踩在脚底。我要看着自己的心一点一点狠起来，不再让它无谓地痛。我们害怕的，无非是痛，身体的痛，更有心痛。时间，这个衣冠楚楚、坐在永远的草地晒着永久的太阳的家伙，如今已被我踩在脚下。我说他光明他就光明，我说他虚伪他就虚伪，我想判处他死刑他就得活不过黄昏，你说他掌握一切，他未必掌握自己的今夜。

　　2013 的最后一天，我感觉自己正在返老还童，正在活回婴儿时代，我的四肢在长粗在长长；奇异的是，我的脑袋越来越小，只容得下简单的直来直去的一问一答，也不会交头接耳，不会东张西望；唯一不变的是，我的心还在持续地跳动，我还活着，并且很可能活到 2014。当然这并非什么幸运之事，或许正好相反，活着意味着还将面对更多的灾难：禽流感、雾霾、拆迁、高房价、摇号、盖章以及比这些更可怕的谎言、陷阱、袖手旁观、落井下石、睁眼说瞎话、无法无天……遗憾的是，我现在是个婴儿，只知道像小草一样在缝隙中心无旁骛地生长，我还不懂得什么叫绝望。这样的遗憾，我无法解释，我张不开口，为什么我还不绝望？最最绝望的时候，我曾绝望地希望，世间有那么一个人或者一样物，时时刻刻将我的每一个毛孔充满，那么我什么都不用想，好比圈里的猪，吃了睡睡了吃，一心一意窝在软软的沙发里，不闻不问地恬不知耻地破釜沉舟地随波逐流。显然，这样的人和物上帝还没有造好，可惜上帝提前造出了我。这万能的上帝，是不是也该得到我的诅咒。

2014/01/02

她世界——我所感受的旻旻

晨跑的时候，旻旻的笑容总在我脑海中闪现（昨天几乎整个下午，我和旻旻在一起）。这样的闪现并非头一回，但过去的那些并不持续，也不曾停步，它们一闪而过。我一向放任又尊重自己内心的小起伏，从不刻意与人交往，因此今天这看似不起眼的闪现，合理的解释应该是，它是我内心的大变化。我阅读初写作的朋友们的文本时，时常反复强调一个常识性的词——"进入"，通过人物外在的神情、动作、语言"进入"他（她）。现在的我，正是"进入"的生活化的一种——今天开始，旻旻进入我的视线，她有意无意对我的撞击启动了我与她相关的思考。我的思考所得绝非真实的日常的旻旻，它自然带着我的性格与气息。有益的是，思考本身是一扇门，当它作用于我的时候，另一扇门会随之打开，从这扇新门里，我将收获进步与帮助。

和旻旻吃饭、散步、晒太阳，重点当然仍然是聊天，天南海北地聊，汪洋恣肆地聊。有时我没说完，她就噼噼啪啪插进来，毫不退让。看得出，旻旻兴致极高，很是享受，生活中琐碎的每一点每一滴，在她，都饱含珍贵的汁液。聊天的对象是不是我，并不那么重要，重要的是她将自己一页一页翻开。逛广百百货的时候，我有些无措，不知将轮椅上的旻旻推向何处。我每周至少两次从这里穿过，却从没想过在此逗转。对我来说，广百如同一个熟悉的陌生人，我视之不见。倒是她，熟稔地指挥着我，左转，右转，前进，后退，她想看看六福珠宝的耳坠又有什么新款。一只一只试过之后，她选定一对香槟色带流苏的耳坠，小心地戴上，美美地照着镜子。面对镜子里的自己，旻旻的笑很浅，却很满足，眼神里流露出的欣赏同样很浅，很满足。的确很美，尽管类似的饰品怕是下辈子也难与我结缘，我不得不说，此时的旻旻就是一个精灵，一个深谙人间秘密的精灵。出来的一路上，我推着她，在冬日的暖阳下，上坡，下坡。由于没有经验，担心轮椅突然失控，我的双手死死地抓着扶手，小臂有些发酸，背上的汗珠也在发炸，我坚持，不想让旻旻觉察我的累。旻旻似乎对我有着十分的信任，除了必要的时候提醒我"踩一下"、"倒过来"，她津津乐道于她的所读所见所闻，我听着听着，听出她是一个优越之人，这优越来自她高贵的良善、顽固的单纯、懂事的知足。但愿回家的路更长更平坦一些，我可以轻松地推着她，继续漫不经心地晃下去……

从旻旻家出来，提着一盆青绿的鸢尾花，我只想赶快回家，为约好的朋友准备晚餐。我不去想像自我们上次见面至今四五十天旻旻没出过门，也不去假设那样的生活换作我来过是怎样的情形。想像和假设是徒劳的，正如你永远无法想像我具体的痛与爱，具体的失眠与揪心。一百种想像和假设可能都不对，甚而荒诞至极。面对熊熊燃烧的人间烟火，信誓旦旦地举起拳头或跪下双膝也是无力的，所有的想像和假设无异于虚弱的谎言，设身处地和身临其境只不过一场美好的幻象。然而理智归理智，它不可能每次把情感打败，坐在与旻旻相距数里的九雨楼的我，总会不时地被她读书写微信给

174

孩子们上课的样子打断，这种打断像一条条摇摇摆摆却永不失散的蜘蛛网，无声地联结着我。

旻旻不是童话，端坐我面前的她，如数家珍地谈论着黑得不能再黑的漫漫长夜。她经历过、她正在经历、她还将经历无数个这样的夜晚。旻旻就是童话，自从 2008 年《风吹过叶尖》（诗集名，旻旻著），她就找到了未来的钥匙。她始终怀着质朴的热情，仰望苍穹，用她无与伦比的耐心，静待黎明。旻旻沉浸并喜悦于自己的世界，那是一个去掉了苦痛、磨难、挣扎、绝望，纯净得只剩阳光、草地、河流、微风的充满希望的天堂。一旦她懂得，上帝是干什么的，她什么时候需要上帝，那么上帝便成了她口袋里的手帕，需要时拿出来擦一下，不需要时就让它乖乖地待在口袋，听命于她。

旻旻带给我最深的触动莫过于上次的见面，那是荡子走后的 11 月。一见面她就说，"为什么死的人不是我。"她好像在说"都一点了怎么还没吃午饭"之类平常得不能再平常的话。我惊异于她的脱口而出，我无言以对，简单的感动显然是荒凉的。如此的角度已内化成旻旻独特的视角，血液一样在她的身体里流淌，这是我所不具备的，为此我深感惭愧。或许这句话旻旻早已忘了，本来，一句平常的话哪里用得着说话者用心记忆。无疑，这是旻旻的胜利。

旻旻真的很美，戴不戴耳坠她都很美。我确定。

2014/01/18

百天记剑峰

　　剑峰来了。他早就说过，荡子过世百天要过来看看。皮皮掐指算了算，百天不到吧。剑峰和皮皮争着，10月大11月小12月大……

　　我不会刻意记忆什么日子，每一天都那么沟沟坎坎，分秒难挨，想跳也跳不过。面对时间这个无情的家伙，我只好相信，煎熬原本是命运的一种；有幸福，就有煎熬，这便是生活。我常想，这样的日子换作荡子，他会怎么过。下他的棋？写他的毛笔字？吃饭怎么办，他会亲自做吗，还是糊弄一下拉倒？……这样的设想是不会有答案的，即使有猜测也不确切。我不是荡子，无法把握他对人生情谊之深浅，恐怕他自己也无法把握。但有一点可以肯定，如果可能，他宁愿留下来的是自己，而不是我。这无关于自私，更不是贪生，仅仅出于客观的考量，荡子比我强大得多，强大者理应留下，少受些不必的苦痛，那样才合乎情理。这样想着，我像是即刻抓获了丁点的力量，要知道此时，丁点的力量对我是莫大的鼓励。

　　吃完午饭，剑峰由皮皮载着去看荡子，回来后继续对我聊起他们曾经艰难而快乐的经历，这似乎是剑峰每次过来唯一想做、能做、可做、该做的事。

这是我第五次见剑峰。从一开始，剑峰给我的感觉就是自己人，这大概缘于他和荡子共度过一段在他看来极其特殊的时光，因而他对荡子的了解或许是其他朋友所不能及的。事实上确也如此，剑峰对荡子生活习惯甚至思想表层的了解是相对深入的，往往能纠正其他朋友对荡子的认识。剑峰上次来，是荡子走后一个多月的一天早上，他穿着拖鞋，眼圈发黑，没有行李，说是在博罗（离增城五六十公里）的一个公园里溜达了整整一夜，想到荡子他就眼泪直流，又不好意思半夜吵到我，挨到早上8点多才给我打电话。剑峰过来住了三四天，带走了荡子的几样衣物，他甚至想背着荡子的骨灰回沅江老家转一转，他说他真不知道接下来的日子怎么过。面对无所适从的剑峰，我不知说点什么，倾听是我唯一能做到的。近些年，剑峰坚持在深圳挺着，日子依然紧巴巴的，但是有一点，他看起来还算乐观，便是穷途末路，也没什么好怕的。

　　剑峰津津乐道着，和上次一样，念念不忘20多年前和荡子共处的点点滴滴，多数是我不止一次听过的。剑峰生怕我不能正确解读他和荡子的关系，一再骄傲地声明，他的角色，说白了，就是那个给荡子背包的人。剑峰比荡子小6岁，和荡子一起挨饿，一起打牌，一起看书，一起讲课，一起办刊，形影不离，荡子流浪到哪，他就把荡子的牛仔包背到哪。那些永远回不去的青春，受穷也是幸福的。我丝毫不怀疑剑峰的诚恳，以及可爱，就是现在，他和荡子分开了将近20年，我仍然能够轻易从他身上看到他为荡子出生入死的那股子干劲，这足以令我感动。

　　然而感动归感动，我更希望剑峰能够从过去的岁月中醒来。剑峰滔滔不绝，一再强调、重复，沉湎于《水又怎样》（东荡子诗歌）的英雄气概里……剑峰流连的并非激荡的逝水年华，而是那段高贵而尊严的生活，这大概是他一生中再也难以体会的。后来的荡子，剑峰并不了解，英雄的决绝，它是人生的过渡；英雄的智慧，或许才是永恒。追忆总是比现实瑰丽，这就是人性。等到剑峰稍稍暂停，我就笑笑，不失时机地来一句："剑峰啊，荡子的真经你没学到啊，你得走出来，晓得吧。"晚上乐琼过来，剑峰照样唾沫横飞，乐琼一句话也插不进，实在有些禁不住了，便当面给剑峰总结了："你呀，还沉浸在 20 年前，这是一种病态。"好在剑峰也是笑笑，没往心里去的样子。我倒是希望剑峰往心里去，好好清理清理，找个地方，把过去埋葬，开始新的生活。

2014/02/06

大海的方向

　　金黄的落叶铺满路的两边，几乎看不到大地。那是些不知名的树，树上尚存大量的绿叶、部分的黄叶和半绿半黄的叶子。我每天从树旁经过，落叶一层一层，感觉不到它们与昨天有什么不同。我很少见到树上的叶子往下掉，树叶掉下的时候，或许正是我背转身、睡大觉的时候。叶子天天在黄，天天在掉，然而总是掉不完，我从没见过那排树光秃的一天，仿佛叶子永远在树上。年过了，也立春了，地上的落叶日渐腐败，回到泥土的颜色，以致彻底地被路过的眼睛忽略。红色的花都要开了，新叶就要长出，而那些去年的叶子依然绿着，它们绿过冬季，绿过落叶，绿过腐败……它们比人长久。

　　这让我想到千里之外的老家岳阳，燕龙哥躺在最后的病床上，不能说话了，心里却还十分清醒，和几年前父亲的情形差不多，怕是熬不了几天了。我整整四年没有回去，上次密集地见到燕龙哥是父亲离开的2009年，初秋，燕龙哥总是提着个大大的塑料水杯，出着粗气，三天两头来岳纺医院看父亲。一进病房，母亲便端条板凳让燕龙哥好生歇歇。燕龙哥一改过去的乐呵，安静地坐在病房的角落，喝自带的白开水，喘自己的气。父亲就要走了，亲朋戚友们忙于感慨忙于安慰，上气不接下气的燕龙哥成为其中沉默的一个。在我的意识里，燕龙哥既然是姐夫，是平辈，是调侃的对象（燕龙哥又矮又肥又爱打麻将，常常被戏称"肉砣"，即麻将中的"六筒"），就还年轻。殊不知燕龙哥也是过了六十的人。最后一次见到燕龙哥是2010年春节，华容房产公司的家属楼，燕龙哥忙前忙后，招待我们，谁也没有把他当作上了年纪的人。

早上跑步回来，便接到菊云姐打给母亲的电话（母亲去菜市场了），说是燕龙哥今早走了，让我转告母亲不必赶回去，天冷得很，都下雪了。我说走了也好，嘱菊云姐保重。挂掉电话，我告诉房间里学习的外甥立立，立立"哦"了一声。这几天，我们似乎都等着这一刻，无可救药的日子，多活一天等于多受一天罪。

又一个亲人走了，流水一样，朝着大海的方向。再过五年十年二十年，不知亲人们还剩下多少。那些曾经亲的，长辈和同辈们，不知会留下几个；那些晚辈们，似乎和我们不那么亲了，名字和相貌都记不得的亲人，也就无从想起。

遥远的燕龙哥和眼前的落叶，两个完全不同的人和事，今天清晨并列在我的面前。人啊，连落叶都活不过，却还要拼命地活着。

望着北方的天空，我没有哀婉，有的是些许的沉重，更多的是木然。

故乡走到今天

　　年过完了，朋友们纷纷大包小包，从各自的老家赶回，噼里啪啦，絮叨这十多天的疲于奔命。听进我耳朵的，热闹也罢，不可思议也罢，大多是与老家有了隔膜，既无奈，又还得伸手笑纳。看来春节与故乡，回与不回，走到今天，俨然一桩欲罢不能的心事。

　　我整整四年没回老家过年了，除了脱口而出的原因——怕冷，似乎更有某种说不出口的原因——怕见面。怕冷是实实在在的，湖南的冬天没有暖气，往往还夹风带雨，广东待得久了，对冷愈发地敏感。因此它也就顺理成章地成了一张名副其实的挡箭牌。按说，与亲人、同学、旧友见面，不应该存在所谓的怕，可只要经历过的人大都清楚，回老家过年绝对是件磨人的差事，远不止十天半月回得过神来，折腾完往往还心有余悸。中国人惯于在"盛情难却"中周旋，左一年，右一年。"盛情难却"真是个极具中国特色的词。

　　回还是不回，或许不必困扰。想回，又不想落下个不近人情的名声，就干脆放开自己，做几天任人捏的泥巴，入乡随俗（自己的"乡""俗"竟然要异乡人一样重新"随"重新"入"）好了，胡吃海侃，来它个底朝天。不想回，就简单得多，旅个游，看几场电影，发几条微信，要不闷头睡大觉，少去挂念老家的鞭炮和年饭。

怕只怕想回又不敢回，下定决心不回又有所不安，纠结在进退两难里。

在烟火世界里，人与人之间需要的是理解。然而日积月累，相互之间的经历生疏了，对事物的认识分歧了，选择的生活方式不一样了，理解起来自然困难重重。更何况，半路出家的你，理想在身，再也没有时间和心情钻进人情世故堆，通过小心翼翼地派发亲情友情，达成微弱的理解。准确地说，你这只蝉和故乡那个壳已经有意无意地分离。

故乡作为出生地，无论你身居何处，身体里永远流淌着它的血液。这是事实。同样的事实还有，自从你迈步离开，故乡便成为一个再也难以回去的地方。当你回去，你会发现故乡变了，人和物，全然不是原来的样子，甚至一日千里，挑战着你的逻辑。你缺席了故乡历经的变化，也就无从融入今天的故乡，面对故乡，你成了一个插不上手的外人。然而故乡作为母亲，作为具体的风土，更应该是一个人精神上温暖的注入，一种源源的动力，而非前进路上沉沉的负累。单纯的顺应或失落是愚蠢的，善良与感恩更在于开拓，文明与进步更依赖奋进。如果每个人都放下包袱，开放心灵，让生命的此刻充满喜悦，我们的生活将会被怎样的美好包围。

今天，我愿意把自己的每一个栖息地叫做故乡。正如当下的我，熟悉增城的街道，市场，熟悉这里的人情，口味，更重要的是，我乐于在这里把心安下，那么增城就是我的故乡。

向一杯白开水投降

我弓身系鞋带的时候，母亲端过一杯白开水，站在我跟前，期我喝下再去晨跑。每当这个时候，总有一股莫名的愠恼直往上蹿，又不好大肆发作。有时我会皱眉喝两口，待我放下杯子，母亲就说，"呃，早上喝白开水好，清肠。"话像是母亲早就复制好，只待找个位置粘贴。有时我会不耐烦地说，"搁那里吧——"当我有意蹲下来慢慢系鞋带，母亲也就不声不响地把白开水搁在就近的餐桌边。

一杯伸到面前的白开水，一杯满满的明白无误的关怀，等着我，最好是一饮而尽……母亲和女儿，看上去多么自然多么幸福的一幕，奇异的是，这于我有着一种刀架脖子的沉重和不适，项链一样将我封锁，我甚至联想到某个女子纠缠着某个男子说"我爱你"，或者逼他回答她和他母亲同时掉进河里先救哪一个。我知道，我一旦喝下，一旦默认，一旦就擒，这种关心就会源源不断，滚滚而来，我就要日复一日、变本加厉地领受类似的待遇。母亲哪里知道，我不需要她的等待，我害怕任何形式的约束，我还没有能力从容地接受哪怕是爱的劫缚。

我的沉重只因母亲的辛劳和无辜，不喝，仿佛对母亲不住，证明我不孝，道德的十字架我背负不起；再有，对母亲的默默付出，我无法像他们一样呈献自己的感恩。这四个多月，是我与母亲近二十年来相处最长的一段时光。母亲每天为我买菜做饭煲汤洗衣烧茶甚至倒洗脚水，此外，还要忍受我的暴脾气。我需要的时候，母亲随叫随到；不需要的时候，母亲便在客厅边看电视边候听我的需要。过去，我总说母亲后知后觉，现在看来我错了，母亲会在深夜的门缝里留意我房间的灯光，第二天午饭后在沙发上把被子铺好，让我补上一觉；母亲竟然提议她走后我一人在家没人说话就唱唱歌……我已经很久没有听歌了，更别说唱，荡子走后，电脑里下载的那么多音乐我再也没有打开过。

我的不适则来自我的任性，我的挑剔，它们令我很难从被动的关怀中获得真正的满足和享受。这完全不是早上喝不喝白开水对身体好不好的问题。母亲不端来，我自己也会倒，也会喝。我一味地信奉，爱需要自然的自在的双方认可的表达。当爱变成一种压力甚至要挟的时候，我只想躲避，如果更加严重，我会选择放弃。我一心想过自己的生活，主动的生活，选择的生活。虽然母亲在努力改变自己，尽量细致入微，如我的意，这对于60好几的母亲实属残忍，可我仍然不肯稍稍降低标准，我在用一个完人的要求来要求母亲，希望她成为我希望的那个人。

可以肯定的是，我没有病，母亲也没有病。看看母亲，再看看自己，我一再叮嘱自己，以后千万别，千万别对自己爱的人这么干。

从母亲的角度，母亲对女儿的关心天经地义（很讨厌这个词），无可厚非；从女儿的角度，乖乖地喝下伸过来的白开水，根本谈不上什么妥协与背叛，不存在什么原则问题。我坚持不喝或者敷衍了事，这对传统意义下的母女构不成任何实质性的意义，或许相反，它只可能造成伤害。好在母亲似乎真的毫不介意，几分钟就过去了，第二天第三天，母亲仍然如此。母亲几乎每天围着我，一会儿进房间提提水瓶看里面空了没有，一会儿端一碗削好的苹果剥好的柚子过来，一会儿又是一碗杏仁腰果葡萄干什么的。不知不觉间，碗里的一大半被我消灭，我再也无心思索无意反抗，算是我向母亲投降，无赖一点，算是报答。和母亲在一起，我大多扮演着一个配合者的角色，配合着生活的到来。

血缘这东西，打它落地之日就是一份剪不断的债，稍不留神，它就将你捆绑，甚至将你强奸，你还愣是哑巴吃黄连——有苦说不出。面对至亲，撒娇是幸福的，耍赖也可能是幸福的，甚至蛮横还会是幸福的，所有的道理和理智不过一堆臭烘烘的狗屎，敌不过一杯伸过来的白开水。身处情感牵连中的心灵，说它复杂它就复杂，说它简单它也就简单。

我想最适合我的，注定是独处。

十步之外的美好

　　我晨跑的目标相对固定，绕操场20个圈。操场不大，半圆形，直线部分紧邻河水，半圆部分紧邻绿道。操场上铺着麻色瓷砖，我一步跑多半个格子，一圈也就150步的样子。开始跑的时候，我明明是数着的，可是跑着跑着，就忘了多少圈。为防止小差开得太远，我往往盯着脚下的格子。可是盯着盯着，就盯到了十步之外。十步之外，无非还是一些格子，与脚下的格子从大小到颜色没有任何区别。奇怪的是，我就是感觉十步之外比脚下新鲜，那里的心情定会不一样，一准是自己没有体验过的，似乎有种莫名的美好吸引着我。当然，这吸引并不强烈，也可以说是一味无味，但它实实在在地存在着，如同钟摆上实实在在走动的时间。

　　我一步一步接近十步之外的那个地方，哦，到了，拐角的那个格子。这里躺着的那根不长的树棍，轻轻一踢，很脆，是根去头去尾的干树枝，可能是夜晚的风刮过来的。此处离绿道上那棵枝繁叶茂的榕树最近，我特意瞟了一眼每天固定现身树下、爱着红衣的老太。老实说，每次瞟见她，我都有些不忍。红衣老太的动作太彪悍了，完全是突发式的，每一拳每一腿像是要置人于死地，极不雅观，是所有晨练者里动作最夸张的一个，也不知她儿女知不知道。

如果是我妈，我一定会含笑地提醒她。不说姿势多优美吧，做到正常是有必要的，至少与周围的风景协个调配个套。相信来这块的老头老太都心中有数，当红衣老太一奇葩好了。离红衣老太最近的老头边运动边跟她闲聊几句，显然不是她家老头，每次练完先走了，留下她一人继续凶猛。拐过角，目光自然转向河面，河水在微风的吹拂下波光粼粼，有只鱼儿跳起来，又扎下去，"咚"地一声。对面岛上的鸟儿则三五成群，欢快地扑腾着，发出响亮的叫声。有个老头每天来这里"哦——哦——"地高声呼应着，鸟儿们该听到了吧。远远望去，傍着河边的一棵树十分完好，不在这个角度，根本看不到它的全身，灰色的天空映衬在深绿的树枝与树枝之间，宛如在画中……

十步之外是丰富的，委实与脚下不一样，尽管这小小的丰富被我一天天复习着，然而它依然葆留着一份永久的未知，或许因为这个，我总想等到更远的地方，看看那里的一切是否真的和此刻不一样。不一样，总是令人向往。哪怕向往破灭，还会有新的不一样的向往重新激励我的双脚。

我晨跑的目的一开始就不是指向身体，大概以后也不是。

这样，煎熬就不会太久

　　母亲走了，昨夜的火车。九雨楼剩下我自己，还有镜框里的荡子。荡子目光坚定，我不敢碰；他时刻看着我，我又随时要碰。这样的感受，真他妈煎熬！我叫他，他微笑；我骂他，他微笑……我恨他，为什么不把九雨楼砸碎了一起带走……我曾想将他的照片拿走，然而这依然跟晨跑一样，不是办法。我熟悉自己的每一根神经，什么时间会痛，什么地点会痛，什么情况下会痛，任何物理的麻醉都作不得用。荡子是我的神经，抽不掉的那一根，不如就让他在那里，时刻微笑着，与我作伴。

　　多年之前，我就告诉自己，人世间永恒的事物唯有孤独。怎料这么快，上帝便将我推向孤独的深渊。桂花开了，杜鹃长虫了，水池绿了，再也不会有人前来打理，倚在门口等也没有用，到了这份田地，我只想弄清自己还在指望什么？偷偷的欢乐？抑或更深的绝望？至少，再也不会有更好的时光照耀我的窗口。

　　我无数次试图把时钟拨回去，哪怕回到最后一天，让我贪婪地把所有想说的话说完，然后贪婪地听他用蹩脚的句子假装安慰我，告诉我一个人的日子该怎么过。或者，那天发生的只是一场车祸，缺胳膊少腿什么的，他仍然可以盘坐沙发，洪亮地和我探讨红烧茄子的做法。再不，躺床上也行，任他满腹抱怨地接受我啰唆的照顾。不过无论怎样，他的脑子不能坏，行尸走肉，是他最不能忍受的。他得思想，得抽烟，这二者足以维持他活着必需的高贵。这样，即便足不出户，他也可以继续做他的国王，统领千军万马。

我又无数次咒骂自己愚蠢，愚蠢到残忍，愚蠢到贪婪，愚蠢到不顾他人意志。再清楚不过的事实，生命中任何一点点黑暗，在荡子那里，都希望通过本质的方式得到根除。思想是他的武器，他思想的目的是令自己活得光明，他要做的是黑暗最少的那个人。他指出，他批判，但他绝不纠缠，绝不迷恋，因为他不贪婪，不在意，他一心一意，做光明的自己。一个深知他的人还将那些乱七八糟的东西加身于他，我是不是罪上加罪！

哦，还是请求上帝宽恕我吧，宽恕一个被悲伤冲昏头脑的人，宽恕一个绝望的人的自私。我当然知道，在这个天灾人祸的世间，还有不计其数比我惨淡的人，那些饱受不白之冤的人，那些身患绝症的人，那些失独的孤寡老人，那些身无分文居无定所的人……他们仍然在路上艰难地爬行，可是我无法和这些具体的苦难作比，我以为，悲伤和绝望不会存在什么大小高低之分吧。

还是宽恕我吧，就这一次。荡子走了，我还在享受人间，这足以令我羞愧。既然我羞愧无比，就让我静静地待在墙角，静静地，待在墙角——这样，煎熬就不会太久……

2014/03/17

英雄与流氓

　　快半年没正经买过菜了，晨跑回来，我特地绕道增滩公路，打小市场穿过。这里卖菜的大部分还是熟面孔，也添了几家新的。我买了五个小土豆，一个粽子，来到热情的猪肉夫妻档前，排骨只剩最后两条，女人给我称好，男人帮忙剁着，我突然注意到隔壁的摊档换了主人，那瘦个子菜贩不见了。买好菜，我再次环顾小市场，瘦个子男人真的不在，或许早就不来了。

　　自去年春夏的一个早晨荡子打了瘦个子菜贩之后，我再也没有上他家买过菜，却始终放心不下。每次从他摊前经过，我的脚步不再停留，眼睛却默默留意着他。他也不再问我要不要辣椒要不要洋葱。这样不问不睬并不等于相安无事，不知他怎么想，至少在我，一种复杂的情绪积压胸中，总是无法消散……事情的原委还得从头说起。

　　小市场是一个早间临时菜市，就在进小区的马路边，纯露天，一次收五毛至一元管理费。在这里卖菜的分两种，一种瘦个子男人这样的菜贩，另一种是自家种的菜吃不完挑出来卖的农户。菜贩的菜个头大，品种多；农户的菜顶多三五种，量不多，卖相也不那么好。然而农户的菜带着泥土的新鲜劲，又因歪七扭八卖不起价，所以比菜贩的菜受欢迎，农户们往往很早就能收摊。而这三四十家摊档，又数瘦个子男人的菜最全，青菜配料豆类海带猪血，少说有二三十种，有些还是独门。只是他菜的品相不怎么好，好似专门批来的尾货，不像人家把外面的叶子剥了，洗得干干净净，摆得齐齐整整。他身边也没个女人帮手，那么多菜，里里外外都是他一个人。他的菜起先由一辆脚踏三轮车运过来，后来换成电动三轮车，他是小市场里来得最早收得最迟的一档。他的摊前总是聚着一排买菜的妇女，他左手提着杆秤，右手收钱找钱，嘴里不断地报着单价重量总价，还要第一时间回复煮妇们接二连三的问询。早上七点至八点，是最忙碌的时候，他几乎一刻都没闲着。然而他的忙并非有效的忙，很多时候他都在做重复的劳动。他称菜算钱倒是十分利索，比电子秤还快（菜贩都用电子秤，就他不用），只是当他把菜递给买家，买家一律半信半疑，想接不想接的样子，当面质疑他够不够秤，于是他将塑料袋重新挂上秤钩，再称一次。最后的结果是，煮妇们提好菜付好钱，也不避讳，就在他的眼皮底下，自己动手，补上几个辣椒几根大蒜。他则一边为下一位称菜，一边凶狠地坡着眉头说，"不行不行这怎么行。"煮妇们才懒得理，提着袋子心安理得地笑着走了。他似乎也不计较，继续飞快地称菜，报价，又重称，找钱。有一点或许可以印证煮妇们对他的质疑，他每次报出的钱数全是整数，从来不会出现五毛的，哪怕买几根葱，至少也是一块两块。有几次，我回家后用手提秤复秤，发现他的少秤并不张狂，也算有所控制，一斤少一两，两斤少一至二两，三五斤可能也少二三两顶多四两。一般情况下，也没人跟他计较。买菜与卖菜，就这样黏黏糊糊，你来我往，彼此之间也都认了。

　　这样一个不清不楚的菜贩，我是真不愿上他家买菜，另外，也实在看不惯那些煮妇们趁其不备落落大方地顺菜。我上瘦个子家买菜有两种情况，要不起来迟了大多收摊了，要不冰箱里储的剁辣椒快吃完了，得上他那里采购几斤朝天椒。朝天椒是用来镶菜的，菜贩那里也就进个一两斤，一次性要得多，只能找瘦个子。如果他摊上当天的不够，第二天他准会进一大袋。瘦个子成了我们家这几年朝天椒的供应商。朝天椒买回家，少个三四两，一般不超出半斤，虽然很是不爽，我又有些不忍，只是随便说他两句，"又少秤，以后不能这样啊。"他装聋卖哑地看我一眼，继续忙左忙右。有一次，荡子郑重其事地对他说，"老兄，菜价高一点没问题，不能少秤你知道吗，少秤就是欺骗！"他盯着荡子，似懂非懂，甚至莫名其妙的神情。

　　直到去年春夏的那个早晨，我提着六斤朝天椒爬上楼，一称，好家伙，少了整整一斤。巧的是，荡子那天早早地起床了，我买菜回来，他已洗漱完毕从洗手间出来。荡子点了根烟，叫我提上辣椒，和他一起下楼。没听错吧，太阳真能打西边出来？荡子少说一年没去过楼下的菜市了。意外之余，我倍感欣喜，甚至把它当作一次难得的晨练。荡子走至门口，我提着辣椒跟了上去。我清楚地记得，那天荡子穿的是深咖色薄麻外套，下身是浅色厚牛仔，依然是晃晃悠悠，大闲人的样子。晃到小市场，瘦个子男人往常一样忙着，很远我就看见了。待我们走到离瘦个子大约五米的地方，荡子突然扔掉抽到一半的烟，从我手里夺过那袋朝天辣，猛地向瘦个子的地摊掷去，所有人都没反应过来，荡子怒吼着，一个箭步冲上前，对准瘦个子的脸就是一拳。我呆住了，完全没反应过来，只见荡子一把抢过对方的杆秤，对着自己的右膝，狠狠一磕，杆秤断成两截……这一连串动作，五秒之内完成，市场里的人不知所以，纷纷停下手中的活，朝这边聚过来。我整个人傻掉，愣在原地，心脏怦怦直跳。瘦个子男人弱弱地解释着什么，荡子丝毫不让，指着对方，声音盖过整个市场……人越聚越多，当我的目光被前面的人挡住，我这才有所醒悟，跑过去拉住荡子，低声说，"算了算了。"此时，瘦个子退到钱箱后面，嘴角有团鲜红的血迹，嘴里还弱弱地说着什么……我示意荡子一边去，事情我来处理。又对瘦个子说，"跟你说了不是一次两次了……好了好了，把钱退了。"瘦个子支吾着，荡子撇下我，上别处溜达去了。瘦个子开始絮叨，说什么哪有少秤啊，还说要上工商局评理去……见荡子渐渐走远，我走近瘦个子说，"跟你说，我老公这个人脾气特别暴。"瘦个子向荡子那边瞟了一眼，回头招呼起生意来，因为没有秤，只好求助挨着的猪肉档。我瞄瞄远处云游的荡子，再看看眼前这个人，蜡黄的牙齿上沾着血丝呢，真是可怜又可气！我站在那儿，瘦个子也不搭理我。慢慢地，他恢复了忙碌，来回往猪肉档跑。瘦个子看上去也就30出头的年纪，脸上却满是皱纹，头发不说一星期没洗过，裤管一只高一只低，鞋子呢，只能说看得出那是一双黑色的皮鞋，袜子也免了，整个人像是刚从建筑工地下来。我想他家里定然有着妻子并且不止一个孩子，妻子看到他裂开的嘴角会无声地轻抚还是会大声地诅咒，他会不会原原本本地与她娓娓道来；孩子若是看到父亲挨打会不会不顾一切拔刀相助，还是躲在墙角偷偷地流泪……一天之中，他会不会花一分钟照照镜子，想想今天过得怎样明天该怎么过？气喘吁吁的生活，日复一日的生活，就这小小的市场，不知潜伏着多少类似的生命。我们永远无法真正走近他们，我相信，他们的生存原理远远超出我们的想像和承受，他们的存在，同我们一样，是一个截然的谜。瘦个子将钱递到我手里，我微微一颤，转身去人群中寻找荡子。

回家的路上，我和荡子默默无语。到家后，早餐也没吃，我回我的书房，他回他的书房，该干嘛干嘛。晚上熄了灯，荡子呼呼大睡，我却难以成眠，仿佛有把刀悬在黑暗的头顶。瘦个子会不会明的不行来阴的，事后报复？第二天，我没有下去买菜。第三天，我还是不敢下楼，纠结着要不要从此告别小市场，跑去几里之外的兴发市场。第四天，我实在不想每天闷着憋着，提心吊胆，该来的躲也躲不掉。在几乎考虑到各种可能的走向之后，我决定下楼买菜。我本想叫醒荡子，转弯抹角地跟他打声招呼，以防万一，又觉得真真不妥，搞不好会遭他耻笑，有理反倒无理了，光明正大的事怎么弄得跟做贼一样。我装着若无其事，一路忐忑，挺进小市场。瘦个子在老地方，他头一扭，正好瞥见我，只0.1秒，视线立马收了回去。我走过去，站定在瘦个子的摊档前，取出备好的50元钱（我上网查过，杆称的价格不超过30），伸到他跟前，"那天的事，对不起啊，这钱你去买杆秤吧。"瘦个子显然没有料到，些微一惊之后，很快明白过来，随手接过钱，扔进钱盒。他的嘴角好了，看不出什么残迹，他手里提着一杆新秤，似乎一切都过去了，我的小担心总算放下一大半。我甚至设想过更糟糕的情形，给他50元他不要？那就100，200，或者干脆直接问他，到底要我怎么做？我不知道，他的心需要多久才能真正平复？不会是当天就平复了吧？这样想着，我甚至生出一丝新的恐惧。

后来见到瘦个子，我一直怀抱歉意，又有些些瞧不起，更多的则是同情。有那么一瞬，我是恨他的，恨他怎么不选择做一回哪怕盲目的英雄，奋起反击！或者，做一回痛快的流氓也行，大刀阔斧！我们在小市场买了七年菜，瘦个子在这摆了七年摊，每天风雨无阻，起早摸黑，蓬头垢面，争争吵吵。七年了，他就没想过把摊子铺大一点，进驻某个大市场，租个铺面，多少也能挡风遮雨吧，他怎么就甘心一年一年地摆下去……我心之拳拳，几乎全然顾不得我心爱的荡子。我也知道，我那些歉意明明没那么必要，可是它始终迂回在我心里，无法彻底消散。大概，人的善良是相同的，卑微也是相同的。

我这样的内心起伏，一直没有和荡子交流过。我相信，关于此事，他多少也起伏过。当我告诉他我给了瘦个子 50 块钱，他什么也没有说。后来洗衣服的时候，我发现他牛仔裤的右膝处破了一个洞，再看他的右膝，有道红红的口子，结了痂，我便笑他，"好大的劲啊！"他一笑而过。

"你觉得自己幸福吧？"

央视"你幸福吗"的街头采访过去大半年之后的一个上午，我无聊地杵在书房看荡子无聊地写毛笔字（通常写不了10分钟），他忽而问我，"你觉得自己幸福吧？"话不疾不徐，松松垮垮，他左手插在裤兜右手在宣纸上悠悠起舞，我当他调侃央视，于是说，"诶，么子意思哦你。"这是第一次，荡子这样问我。

不久后的一次，在露台，荡子收拾那块极具象征意义的袖珍田土时，又来一句，"米，你觉得自己幸福吧？"我不假思索，"诶，你最近何搞的，啊？"得不到回答，他也不纠缠，继续松他的土。我似乎意识到什么，荡子从不这样啊，也够矫情的，只是仍然没往心里去。

同样的情况又发生过一两次，这不得不令我有所正视，荡子是不是真的老了（近年来他常说自己都快50的人了），因而回答得直截，"幸福。"我以为这是他所希望的回答，虽然我看不出他表情上的喜悦。以前，玩笑归玩笑，我们好像都较着真，坚持着各自不死的完美，而完美犹如天上的月亮，似乎在远方、在别处、在未来，完美是无止境的。虽然自我踏上增城这方乡土，就一天比一天确定，这样的生活正是我想要的，然而走到今天，理想主义的荡子或许同样逃脱不了时间的打磨，尽管只是偶尔的一瞬或几瞬，好在还有飞扬的诗歌，它很大程度上承担并实现着人的理想。

最后的一次，我异常清晰，去年 10 月上旬（荡子 10 月 11 日猝然离世），一个白天，在小卧室，我俩看完一部电影，往常一样有一句没一句地闲谈，荡子突然话锋一转，"米米，你觉得自己幸福吧？"我巴着他，"嗯，幸福。""真的幸福？""真的。"有了先前的几次铺垫，我再也没有丝毫迟疑。他每次的问话都相同，八个字，完完整整，一个不省；问的时候也从不看我，不看任何具体的物什，他目光涣散，大概他面对的是自己的内心。我想这样的荡子不是随便问问，倒像是平凡的生活让他有了平凡却意外的领悟，而这平凡的领悟显然被他已然忽略。表面上他在问我，我怎么听怎么觉得他问的是自己，他在问自己一个不需要回答、不需要确认、成竹在胸的问题。是否他感到了切实的幸福，以前不必说出，现在想要说出。

关于现有的生活，我的确很满意，它远比我年轻时的憧憬来得沉静，还要美好，并且，我身处幸福的海洋，这海洋是无边的，任我徜徉，有时候我甚至想幸福地说出来。然而，无论怎样陶醉，都不致我沉溺其中，只要一抬头，我就能望见漫漫前路，还埋伏着难以企及难以征服的道理。未来的生活，我从不敢遗忘。对现有的满意并不代表我绝对的知足，我深知自己的不足，我希望的进取还不能清晰地向我招手，或许永远也无法到来。对现有的满意也不代表我就此相信，坚持与回报之间存在什么必然的狗屁逻辑，我越来越厌恶用现身说法来熬制心灵秘方。我宁愿相信每个人都是特别的，特别的脑袋，特别的悟性，特别的偏爱，特别的感受……

我和荡子，共处了整整八年，相互之间依然如初识一样，心照不宣地遵循着某种亲密有间的原则，哪怕任性哪怕耍赖的时候，那道界线也不会被彼此轻易逾越。我们甚至无话不说，毫不掩饰，包括我喜欢哪个男人，包括他梦见和谁一起缠绵。当两个人对精神和价值的认识趋同，当自信和独立成为唯一的信守，没有什么真正值得我们分心。上帝赋予人类非凡的想象力，也赋予人类非凡的理解力，用最简单的方式相处必定是通往自由的唯一捷径。荡子走后的今天，我仍然愿意将我和他定义为朋友，同一条路上的两个伴，这定义理当适用于荡子所有的朋友，不只是我。婚姻生来就不适合散漫的荡子，而我多年来亦是如此挑剔，荡子之所以选择在我的门口停下，并非他多么热爱或迷恋，也并非我多么与众不同，或者仅仅是他在我的门口看到了相对稳定的自由。自由是超越一切的大事，每个人无不游泳在相对的囚笼里，最大限度地盗取并享用可能的快乐。至于 49 岁的荡子是不是真的老了，我不曾想过，我几乎没有理由为此思想——荡子依然张开怀抱，声音响亮，通宵达旦，我们也常常把自己比作长不大的孩子。而今荡子一次次问我同样的问题，这不经意的变化，多少说明此刻的荡子甘愿坠落，落入此刻的烟火，而此刻，或许原本与理想没什么冲突。

　　时至今日，我再也不会花费时间思考付出、亏欠、感恩、遗憾、惊喜、责任、义务、悔恨等等一系列深具感情色彩的词，在我的眼里，它们鬼鬼祟祟，形迹可疑，犹如星空下的一道道暗影，而暗影本是生活的基本构成。另外，纯粹和率真，并不需要我刻意执守，它们不过是我身体里不可分割的部分。想想四十多年以来，我生动积极的存在似乎只为着一件事——学习"怎样爱一个人"，既愉悦自己也愉悦对方地爱一个人。是情感和理智这对孪生兄弟，它们紧紧交织紧紧缠绕，陪我出生伴我成长，还将为我养老送终，它们时刻提醒我，做一个安静的自己的人。我甚至愿意将人间尚存的所有美好，全部归功于这对生死相依的兄弟。

眼看木棉花一朵朵掉下

来广东二十年，我极少留心身边的花草（在家乡湖南何尝不是），还是前年，在增城，母亲散步回来，说外面一些婆婆姥姥在树下捡花，她问了，叫木棉。很多年前，我就听说过木棉，哦，一个好听的名字，却不足以激起我对号入座的热情，我一直不知木棉花的样子，也不知木棉树的样子。去年母亲过来，又是木棉花开的三月，我陪母亲出去散步，第一次注意无处不在的木棉。高高的树和枝上，一片叶子不剩，唯有光秃秃的花，火红火红，小喇叭型，一朵五瓣。无论在大广场，还是在小路旁；也无论是整齐的一排，还是单独的一棵，木棉站成自己的气象，无需参照，无需佐证。木棉高而美，它热烈的颜色，自信的姿态，强韧的耐性，将伫足的目光拉得很长。然而仰望的目光再长，也看不清木棉具体的章节。奇怪的是，我并不希望一朵木棉花"啪"地掉在脚下，送到眼前，让我轻易把它看清。尽管一转眼，木棉花就掉下一朵，又一朵，然而从树下经过，却极少看到它们，它们总是被及时的手捡走。有些是专来捡花的，带着方便袋，甚至站在树下等待花落；有些则属情不自禁，譬如我母亲，看到那么多人捡，想必其中自有讲究。回来一查，原来木棉花可以入药，具清热解毒消暑健胃等功效。那次在增城广场，我也帮母亲捡过。回来摊在露台的方桌上，过些天再看，木棉花半干不湿，从形状到颜色，凋萎得不成样子，心想，花还是长在树上的好，我本来不多的兴致就此断失。母亲用袋子将干花装好，一小包，带回老家了，说是给邻里街坊看个新鲜。

今年正月一过，母亲就回老家了，我又向来没有主动散步的心情，也不知外面的木棉花事。倒是邮箱里的几篇来稿提醒我，又是木棉花开的季节，因为前段天冷，今年的木棉花开得稍稍迟了些。今天晨跑的时候，四方形的树坛边，歇着一对老头老太。老头埋头于一根长长的竹竿，忙活着。老太与老头隔着一米左右的距离，背对老头，有那么点各自为政的意思。我跑到十多圈的时候，猛然看见老头正举着长竹竿割树上的花——那是一株木棉，我每天在操场上跑步，竟然对它一无所知。老太拎着一个塑料袋，老头割下一朵，她就蹒跚过去，捡起来。许多晨练的目光停顿下来，集中于这对老人。老两口似乎一心一意，全然无暇顾及他人的目光。我的步伐没有停下，心却被那株木棉带走。

我想，那些不约而同的目光背后应该有着与我相似的心境，一种说不出的滋味。增江河沿岸的这条弯弯曲曲、长之又长的绿道带，每隔一段就有操场、草坪、休息亭、健身区，一路上种着各种花草树木，有杜鹃、桂花、栀子，有芙蓉、樱桃、夹竹桃，有竹子、凤尾，有椰树、小叶榕……有的甚至是百年古树，而那株木棉是这个操场周边唯一的一株木棉。便是冬季，也有花儿开放。这样一个开放式的公园，它属于每一个人，又不属于任何一个人。看着木棉花一朵一朵被老人的镰刀割下，即使有人如我一样有些愤然，有些替老人遗憾，替木棉可惜，也不会上前阻止，说不定老人家以此当作日子里不可多得的乐趣呢。就算是年轻人，谁也不愿多说什么，顶多心里嘀咕几句。此方，没有勇气，也没有底气，好像社会也没有赋予他们资格，搞不好还会惹来一身麻烦；彼方，或许有过犹豫，或许根本没觉得什么，想割就割。双方就这样不声不响，各行其道，两条平行线，谁也管不着谁。那么多双眼睛，看着也就看着。这，就是今天的现实生活，就是当下生活的全部。愤怒，僵持，对峙，挺身而出，那些表明立场的词语和动作早已躲进人们的最深处，暗无天日。

　　娇艳的木棉花一朵一朵地掉，抬头一数，只剩下最高的枝丫上不多的几朵，我有些哀伤，为那株木棉，竟然对常常被自己视而不见的木棉由衷地喜欢起来。第一次，跑完步，我在木棉树下的石阶上坐了许久，不因别的，我只是实在没有力气起身离去。

后记：深深九雨楼

聂小雨

　　九雨楼位于广州增城，增江之滨，雁塔之南。它身居八楼，实则高过九楼；我的名字里又有个"雨"，我们便随口叫它九雨楼。叫来叫去，顺了口，就沿用下来。有时候，顺口真是压倒一切的道理。当九雨楼作为地理载入荡子的诗歌，自然被朋友们叫开了。

　　当初，因为便宜，也因为急于找个安身之所，经国明兄介绍，匆匆看了一眼之后，我就相中这没有电梯的顶楼，而荡子似乎陷入矛盾，迟迟不说买，也不说不买。一个无眠之夜，荡子悄悄起床，找来铅笔和白纸，伏在茶几上，画下他十三岁就开始梦想的大房子：高的台基和门槛，宽的檐廊，圆的抱柱，阔绰的客厅，木的窗棂，青灰的瓦，以及铜的门环，客房至少八间……待我起身，他拉着我，一五一十地描述，像个十足的孩子。我撇过脸，不忍细看。那一年，荡子四十二岁，除了飞扬的理想，一无所有。另一个清晨，我发现白纸上的大房子换成了两房一厅，正是现实中的九雨楼。我惊诧的是，那天我们只是上去逗留了几分钟，我全然忘了它的格局，荡子竟然记下它的每一堵墙每一块空地，甚至大体的长和宽。不知该庆幸还是该悲哀，小小的、高高的、爬得人喘不过气的九雨楼，终于可以让漂流的荡子暂歇，寄寓不远的未来。应该说，是那个大大的露台，最终说服了荡子。

又因为拮据，九雨楼的里里外外几乎由荡子亲手打造，修修改改，缝缝补补，不知经历了多少来回，四个月后，九雨楼在不断的妥协中基本成型。而那个承载着自由与呼吸的露台，更是被荡子翻来覆去地折腾——刨土施肥，种菜栽树，搭棚筑架，蓄水养鱼，差不多一年一个花样。直到 2011 年，他又大动干戈，和皮皮敲敲打打两个多月，在露台上盖起两间小木屋，摆上沙发和藤椅和自制的方桌，九雨楼成了名副其实的朋友的乐园。就在去年上半年，荡子还在打书房（客厅的一半是书房）的主意，想在上面隔出一层，做个小阁楼。天哪，书房顶多四米高，一层变两层，多压抑啊！我不赞同，他也就没再坚持。

自 2006 年移居九雨楼，我在这里度过了人生中异常平静，又异常激越的八年，可以说，是一段既纵情又觉悟、由模糊到坚定的时光。对于荡子，九雨楼是他生命中最整段最稳定的光阴，在这里，他写下了如水般澄明的《阿斯加》诗篇，遗憾的是，这也是他最后的光阴。

九雨楼的日子，我不想工作，也很少出门，大部分时间都在上网，看书，打牌，聊天，招待朋友，我安于这样的无所事事，没有忧虑，不必操心，想睡就睡，想哭就哭，不明白就问，有心思就说出来。与此同时，我开始了过去连想都没有想过的写作。正是这不慌不忙的写作，助我渐渐把心放下，越放越低，越放越平。在九雨楼，我的任务从来只有一个，那就是如何让自己更加快乐。而快乐的前提是，让自己的内心真正强大起来，强大到有朝一日，能够将一切甩开，像荡子那样，做一个真实、开阔、没有困扰的人。这些年，我一直朝着这个永恒的目标在努力。而荡子，是我的底。一个为"失败者举起酒杯，和胜利的喜悦一样"（东荡子《宣读你内心那最后一页》）的人，怎能不成为我的底。我们更像一对背靠背的朋友，同享郊外的生活，共守生活的秘密。

可是突然之间，荡子悄无声息地走了，留下静静的九雨楼和九雨楼里来不及强大的我，这大概就是所谓的世事无常。过去的，无法重来，我不敢回想，不敢假设；眼前的、背后的，全都那么空洞，那么荒芜……九雨楼，它见证了欢笑，见证了泪水，它还将见证孤独。九雨楼，它必定活过它的主人，它的朋友和友谊。

几年前，开始写《九雨楼札记》时，怎会料到九雨楼里的成长包含如此惊魂动魄、急转直下的承受与考验。现在，每一天，我都在强迫自己相信：世界上没有意外，我们之所以感到意外，是因为自己的认识还不深、还不足；在人的世界，不会有谁需要我对一段生活作出交代，我也没有什么需要向什么人交代，上帝都躲起来了，还有谁会愚蠢地将自己绑在沉重的十字架上……我希望类似的信念支撑我走下去，走到尚能遇见的下一个夜晚。

《九雨楼札记》并非平常意义的札记，更像是我几年来情绪的起伏和流动。之所以定名为札记，同样是顺了口。另外，荡子走后，撞入我视线的所有日期，都被我不自觉地以 2013 年 10 月 11 日为节点断开，为此，我将《九雨楼札记》分成"之前"和"之后"两辑，以遵从自己的下意识。

2014 年 4 月